我的日本

台湾作家が旅した日本

呉佩珍
白水紀子
山口守
編訳

白水社

我的日本　台湾作家が旅した日本

目次

装幀　天野昌樹
装画　澤里佳

我的日本

台湾作家が旅した日本

飛騨国分寺で新年の祈り

甘耀明

まだ寺へ着かないうちに二本の通りを隔てて鐘の音がもう聞こえてきた。寺の一〇八の梵鐘が鳴らされている。年越しの時間を間違えたのだと思い、妻と急いで深夜の通りを走った。後になって、鐘は新年が到来する前から鳴らされ、最後の一回を撞《つ》く時に年を越すのだと知った。こうした鐘の撞き方には厳密な時間管理が必要である。だが、日本の風習を知らない外国人なので、深夜の鐘の音を聞いてシンデレラのように焦った。

台湾でも深夜に寺廟へ行って願をかける「一番香」という風習がある。これになれば神仏がその者の願いを全力でかなえてくれるというのだ。「一番香」はここ数年スポーツのようになってきて、明け方に寺廟の正門が開かれると、外にひしめいていた信徒が前方二十数メートルの大きな香炉に殺到して線香を挿す。一番早く到達したものが「一番香」となる。この活動ではしばしば醜態が演じられる。例えば転んだり、突進する勢いで二百キロもある香炉を倒してしまい、香炉の灰でみながむせ返ったり。または本来民衆が参加する活動なのに、隠れていた寺廟の職員が先に線香を挿してしまい、飛び込んできた信徒が、まるで百メートル競走のゴールが消えたように茫然としてしまうなど。台湾の年越しで一番楽しいのは、元旦に「一番香」の珍妙なニュース映像を見ることだ。

　私は台湾ではこれまで大晦日に寺廟へ行って願をかけたことはないが、日本では果たした。その時、とても温かく幸福な気持ちになったのは、国分寺の境内で低い鉄組みの中に火が燃えていたからだ。かがり火が盛んに燃えて目を引き、およそ五十数人がそれを囲んで、絶えることのない温もりを受け取った。袈裟《けさ》をまとい下駄を履いた寺の僧侶が一輪車で薪を運んできた。古い薪があったが、これは寺の建物の取り換えた木材をついでに薪にしているのかもしれない。そうだとすれば、建材を荼毘《だび》に付していることになり、功徳が大きい。冬に日本の神社を参拝した経験は多くないが、たいていは階段の両側に高い鉄組みの炭火が燃え、優雅な感じがする。国分寺の境内では火が盛んに焚かれて豪気に見える。

　薪には特別な思い入れがある。小さい頃、年越しの時に台所でしゃがんで薪をかまどにくべる手伝いをするのが好きだった。静かに火を見守っていると炎が踊る。火が小さくなると薪をくべる。薪は木の種類によって特性があり、肖楠《しょうなん》〔台湾固有種、ヒノキ科〕や茘枝《れいし》の木は燃えるといい香りがする。シマサルスベリは比較的煙が出ない。竹は注意しないとよく破裂する。火を見るのが好きなので、大人になっても街でピザの焼き釜を見かけると、足を止めて見入ってしまう。子ども時代に農村で体験した火を見守るようなことは、都会に引っ越してからなくなってしまった。だが、国分寺の深夜のかがり火のおかげでずっと火を見続けられ、みんなも火の光を見て気持ちよさそうで、顔に幸福感があらわれているのが見て取れた。

かがり火を囲んでいる人々は、鐘楼堂に上がって鐘を撞いて願い事をするのを待っている。私は列の最後尾に並び、鐘楼堂のすぐ近くに立っていた。ところが列が進むのが遅く、計算してみたところ、前方の家族が狭く急な階段を上って、鐘を撞いて願をかけ、順番に降りて来るまで数分間かかる。このままだと、我々の番が回ってくるのはおそらくかなり後だろう。そこで妻と相談して鐘を撞くのをやめた。本殿へ行って薬師如来と観音菩薩を拝んで願をかけた方がいいだろう。そうして我々の初詣は終わった。

願かけを終え、千二百歳の銀杏《いちょう》の木の下へ来て、枝越しに石仏に向かって合掌して参拝した。銀杏は好きな木のひとつだ。これだけ雄壮で長寿なのだから、きっと幾星霜を経てこの世の栄華を見尽くした果てに、いま異国から来た私と対面しているのだろう。それにこの木には人を惹きつける伝説がある。言い伝えでは、天平時代に塔の建築を請け負った棟梁が、塔の建築の秘密を娘に知られてしまったため、娘を殺して木の下に埋めたとか。そして銀杏が葉を落とす頃、必ず雪が降るのである。静かに木の下に立って見上げると、葉が落ちてがらんとした枝が上に伸び、一部はかがり火の上まで伸びている。先ほどは枝が炎の高熱で焼けてしまわないか心配だったが、いまは銀杏が細い手を伸ばして、私と同じように炎の温もりを享受すべきではないかという気がした。

寺を去る前に、妻に連れられて国分寺の面白い場所を見に行った。ここでは絵馬をかけて願い事をするのではなく、高山名物のさるぼぼ〔猿の赤ん坊を模した郷土玩具〕を使う。さるぼぼは頭巾をかぶり、腹掛けをして、手足は細く尖り、顔に目鼻はない。街のいたるところに専売店があって、妻は可愛いと言っていくつも買った。国分寺ではさるぼぼを使って願い事をするが、これはいい方法で、とても風土に合っている。

台湾にも猿の伝説がある。「灯猿」は竹の灯を司る小さな神で、年越しの時に一年間の苦労をねぎらうためのお供えを忘れると、灯猿は怒って天上界へ行って神に人間の過ちを報告し、言われなき懲罰を人々にもたらすそうだ。猿はとても敏捷で高いところへ登るのが得意なので、国分寺のさるぼぼは人々の願いを担って千年の銀杏の木を登り、上へ上へと昇り続けて、天の神が人々の願いをかなえるのを望むのだろう。さるぼぼは台湾の伝説の中の密告をする灯猿と違って、とても温もりがあるので私は好きだ。

「願い事するから、ひとつくれないか」妻のリュックに今回買ったさるぼぼが吊るしてあったので頼んだ。

「だめよ、これはわたしが買ったんだから。さるぼぼの店に行った時、あなたは買う気が全然なかったでしょう。ちゃんと見てたわよ。いまになってわたしのさるぼぼで願い事をする気なのね」

「いいじゃないか、先に貸してくれよ。いまは真夜中で願い事用のさるぼぼが買えないから、明日、街で買って君に返すからさ」

「貸さないわけじゃないけど、願をかける時は神様を試すわけでしょう。いまさらさるぼぼを供える奥の手を使ってもむだよ。ねえ、さっきどんな願い事をしたの」と妻が言った。

「秘密だよ」

「秘密なもんですか。どうせあなたのような物書きは、教会でも、モスクでも、寺でも、神社でも、自分の新書が売れますようにと願をかけているんでしょう。でもね、そんなこと不可能だし、あり得ないことよ。世界中の神さまを困らせた挙句に、国分寺の菩薩様を試そうって言うのね」

「やれやれ」窮状を突かれて、笑うしかなかった。

しかし、からかうように話した後、妻はそれでも自分のさるぼぼを吊るしてくれた。国分寺の年越しの雰囲気が妻の心を動かしたのかもしれない。この闇夜にあって、暖かな光と哀愁の美に満ちた物語が私たちの人生に潤いを与えてくれた。最後に私たちは願った。さるぼぼが私の願いを背負って、かがり火の弾ける火花のように、ゆらゆらと天の果てまで登ることを。さるぼぼよ、頑張れ、君は責任感のある登攀《とうはん》の名手だと信じているぞ。

カン・ヤオミン（作家）書き下ろし／山口守訳

思い出のかけら

孫梓評

黒い雪

飛騨高山で市内を一日見て回り、観光客としての日程を終えた。夕日の中、八幡宮を出て、イチゴも売っている精肉店や風変わりな玩具屋などを散策した。牛乳も飲んだし、蕎麦も食べたし、大きなさるぼぼにも触ったたし、そろそろホテルへ戻ろうかと思った時、路地の入口の工芸店に目を惹かれた。店から出た時には一個のカップが旅の友となっていた。硯色のマグカップで、丸く大きな底に小さな原色の丸があるほかに模様はまったくなく、黒一色だ。持ち手が長く、すき間が広くて握りやすい。光沢が施されておらず、目立たず深みのある墨色で、何百何千年前に誰かが書いた詩が、墨跡は新しくなくとも時を経た味わいがあるのに似ている。一杯の黒い雪。水を注いで飲むと、禅の気分になる。調理台には、由来の異なるカップがいくつか置かれていて、これもそのうちのひとつだ。使う時にいつも少しだけ驚かされることがある。口は大きいが、それほど自分を主張しておらず、ココア牛乳を飲むのに使うほどではない。えこひいきとは言えないが、たまにプーアル茶を飲むのがしっくりくる。色が黒いせいか、見たところ重そうだが、持ってみると意外に軽く、小柄な人のようなまねできない優雅さがある。気に入っているせいか、使う機会が増えていった。ある日、鉄鍋を洗って、しばらく横に置いて乾かそうと思って、うっかり鍋の底をカップの縁に当ててしまい、その瞬間、黒い雪のかけらが零れ落ちた。一晩中何度も寝返りを打ちながら思った。黒の中の白とは何と純潔で、また欠落を感じることか。

鳥羽

鳥羽湾は風もなく波も穏やかで、日中は晴れ渡って澄みきった青空が黄昏色に変わり、やがて夜の闇に場を譲った。公園の隅で若い家族が体についた砂を落としている。母親が子どもの水着を脱がせ、父親が子どもに水をかけてやっている。私はコンビニを探そうと思った。先へ進む途中、営業を終えた渡し場で『潮騒』〔三島由紀夫〕の島へ行く船が休んでいた。何列も並ぶ木の長椅子を蛍光灯が明々と照らす中、二人の若者が入ってくると、一人が駆け足で梯子を上り、声を出さずにもう一人とジャンケンを始めた。鉄道を越えると、港に面した長い商店街はことごとく閉じていた。何軒かの人声のする食堂や民宿では、軒先に大きなガラス球を吊るしている。龍瑛宗〔台湾の作家、一九一一―二〇〇〇〕が好きだった詩人の家へ行かずに、さらに奥へ足を向けようとすると、小川の流れに逆らって歩くことになり、木も枯れている。見知らぬ地に身を隠す何かがいるのだろうか。何度か角を曲がるとついに見慣れたコンビニの明かりが見えた。またもや二人の若者に出会った。今度の二人はジャンケンをせずに自転車に跨って喋っている。一人が持ち帰り用の牛丼を手に持って食べているが、おいしいのだろう、時々仲間にひと口食べさせてやっている。港の夜に、海女は家へ帰り、イルカは眠りにつき、ジュゴンは与えられた一日のえさを食べ終え、真珠は青春の只中に身を横たえているだろう。私のリュックの中の久保新治〔『潮騒』の主人公〕は、次のページできっと愛する女の子と出会うはずだ。夜の闇を恐れる者はなく、灯台と潮は眠らず、明日の朝になればまた船が出航する。

可睡斎

可睡斎《かすいさい》〔静岡県にある禅寺〕に一泊した。一般に想像する寺院の宿泊とはまったく違って、二人一部屋で、バス・トイレはついていないが、上品で優雅な部屋にはお茶以外に葛粉で作ったお菓子が用意されていた。寺の中では靴下を履くことが禁じられ、僧侶の案内に従ってそれぞれ神秘の通路を歩んでいく。仏の前で僧侶は必ず足を止めて拝み、その足取りは遅くもなく急ぐでもなく、木の廊下を歩く時に大きな足音を立てない。精進料理を食べた後、夜の予定に写経と座禅がある。一室に案内されると、机の上に筆と墨と硯がすでに準備されていて、僧侶の講釈を聞く。写経は書の美しさを求めるのではなく、心誠なれば霊があると。『十句観音経』を書き写した後、自分の願いを書き留めて寺の朱印をもらい、翌日の朝の勤行の時に僧侶に読経して祈ってもらう。座禅の時は黒い布団に胡坐をかき、両手を丹田の前に置いて、透明な線が天からまっすぐ降りて来ることを想像する。背をまっすぐに伸ばし、呼吸を均一に整える。堂内はことのほか静かで、隣に座る僧侶がそっとつばを飲み込む音さえ聞こえるほどだ。線香の煙が燻らされて時の過ぎるのを待ち、夜九時に鼓が鳴らされる。早朝は五時半くらいに洗面を終え、僧侶が本堂へ読経の案内してくれるのを待たなければならない。堂内は静謐で、住職が朝の挨拶を述べると、僧侶たちが位置につく。朝の鐘がゴンゴンと鳴らされると、木魚の係が叩き始め、それに合わせて全員の読経が始まる。リズムに合わせて節がつけられる。一段終わるとさらに御真殿へ行って読経を続ける。春には牡丹、秋には紅葉。可睡斎にはさらに「大東司」があって、烏蒭沙摩《うすさま》明王を奉っている。うっかりすると、それがトイレであることに気がつかない。

高橋染物店

焼津《やいづ》での滞在時間はそもそも短かった。案内責任者の無糖さんは初めて外国人を案内するとのことだった。彼は今回の我々の旅行がみな空振りに終わっていることを聞いていた。富士山が見えない展望台、温泉のないＳＰＡ会館、チューリップがない大公園、アロエのないアロエ園、シーズンであるはずの梅園の入口には「梅の季節終了」の札。彼はほとんど漫画の人物のように土下座しかねなかった。焼津では何とか顔がたち、名もなき川べりに河津桜が咲き、背景には当地の磯自慢酒造がある。みな何もないよりましと写真を撮り始めた。実は今回の旅行の重要なポイントは高橋染物店で染物体験をすることだった。店では前夜のうちに顔料が調合されていて、一言一句同じ「大祝漁」の字を、一本ずつ渡された筆で小学生のように書くのである。場所は染物店の裏の空き地で、熱い日差しの中、五分ほどかけて書きながら、三代目の店主の説明を聞いているうちに、「本当に染物体験したい人なんているのかな」と中国語で愚痴が漏れた。無糖さんは「いますとも」と答えた。彼は仕事で一回、自分の趣味で一回と、二回来たことがあるとか。初めてだったので何色に塗ればいいかしばらく考えた。無糖さんは「みなさん台湾人はどうしてそんなにすぐに決められるのでしょうか」と五枚の布を行き来しながらつぶやき、「それに配色がみな違います」と言った。彼はさらに「日本のおばあさんたちが描く時は、みなほかの人がどう描くかを参考にするんです」と言った。私は波を描くのに疲れ、富士山を赤く塗った。彼はへえと声を発し、「赤富士ですか」と言った。私は通訳に説明してもらった。「そうなんです。今回我々は絶対に富士山の写真を撮ると決めていたのに、ずっと撮る機会がない。願うあまりに、富士山が血の涙を流したというわけなんです」。それを聞いて彼は笑った。その後、同行のSが海を赤く塗ったのを見て、無糖さんがもっと大きな声でへえと驚くと、Sはそっけなく言った「通訳してくれないかな。これは欲望の海なんだ」

スン・ツピン（作家・詩人・編集者）二〇一五年／山口守訳

寺院の日常

柯裕棻

大阪から高野山へ行く最後の行程は、極楽橋駅でケーブルカーに乗り換えて、急勾配を五分ほど登る。山は高くはないが、非常に険しくて、この頂上に百余りの伽藍《がらん》があるなんて想像もつかない。

ケーブルカーの駅の外にとても小さなバス停があって、駅員が時刻表と地図を配りながら、下山するケーブルカーの最終便は六時半だから、くれぐれも忘れないようにと熱心にアナウンスをしている。ここからはバスで山に登るのだが、さらにかなりの距離がある。最初は濃霧のために、薄暗くて前方がよく見えないけれど、いくつもカーブを徐行し、山の洞穴を過ぎたところで、視界が急に開けてくる。空が果てしなく広がり、空気はすがすがしく少しひんやりとして、初夏なのに肌寒くさえある。

高野山は日本の真言密教の総本山であり、弘法大師が開いたもので、今年（二〇一五年）で開創一二〇〇年を迎えた。ここは同時に紀伊山地の霊場と参詣道の一部をなしていて、二〇〇四年にユネスコの世界遺産に登録され、二〇〇九年にはさらにミシュラン・グリーンガイド・ジャポンで三ツ星に選ばれている。高野山は和歌山県に位置し、標高約八〇〇メートル、巨木がそびえたち、古い寺院が百余りあり、高野町の人口は約三千人である。この山は歴史上何度も火災に見舞われたが、そのつど危機を乗り越えて、何度も造林と寺院の再建を行なってきた。そして近代以降、百の寺院と森林は寺院関係者が保護に奔走したおかげで、戦乱よりもさらに凶悪な開発の攻撃を免れたのだった。今、雲間に浮かぶ樹海は悠久の自然に見えるが、じつは草木の一本一本が日本社会の山林の文化史なのだ。

二〇一五年五月、高野山は開創一二〇〇年を盛大に祝い、数か月にわたって記念大法会や国宝級の御本尊の御開帳などが行なわれた。当時私は物珍しさも手伝って、半日ほど山へ遊びに行ってみると、その日はちょうど祝賀活動の最後の週に当たった。こんなはるか遠くの山頂に意外にも黒山の人だかりができていたが、都会のショッピング街のようなライトが華やかな喧騒とも、また桜の季節のように人が集まって飲んだり食べたりしながらお花見をしているのとも違った。ここの熱気はとても素朴で、人々の熱い思いが体から外にあふれ出ているのが感じられ、生き生きとしてゆとりがあり、私が知っている日本とは違っていた。

その日は一日で二度の法会に出くわした。昼の法会は山頂の奥の院で行なわれた。ここには弘法大師の御廟《ごびょう》があり、周囲は大きな杉の木がうっそうと茂り、あたり一面に真っ白な丸い小石が敷き詰められて、さわやかな雰囲気が漂っている。燈籠堂で誦経《ずきょう》を聞き終えたあと、みんなと一緒にすぐに立ち去らずにいたところ、供物台を片づけていた僧侶が仏様に備えた大きなリンゴを持って下りてきて、私と目が合い、かすかに会釈をしてくれた。これもまさに仏様の引き合わせだろう。その後、ゆっくりと山を下りて壇上伽藍の金堂へ行くと、もう一つのさらに盛大な法会に出くわした。高僧が雲のように次々と集まり、お堂の前の広場は大勢の信徒で立錐の余地もないほどの混みようだったので、私は人の流れにまかせて動くしかなかった。お堂の外にいた人たちは中に入るのはとても無理だとわかったが、なんとおじいさんとおばあさんがお堂の前にある大きな青銅の燈籠の台座に上がって、サルのように中をのぞいているので、場内の整理にあたっている若い僧侶が遠慮がちに大きな声で言った、「そちらのお兄さん、お姉さん、どうぞ下りてください、危ないですよ！」群衆はどっと笑った。「どう見たって、じいさまばあさまなのに！」二人のおじいさんとおばあさんはにこにこ笑いながら相変わらず大勢の高僧が入場するのをながめていて、そこを下りる気はちっともないらしい。まさに大混乱で、ほかのところでは人が押し寄せたために誰かが溝に落ちたのだろう、またひとしきり騒然となった。こんな熱気も私が知っている日本とは違っていた。

私は彼らの気持ちがよくわかる。ようやく一二〇〇年に一度の好機に恵まれ、ようやくこの世に転生し、なんとか現在まで生きて、千里を辞さず山に登って来たのだ。幾世代の輪廻を経てついにこの日まで待ったというのに、もしこの目で見ることができないなら、このご縁が無になってしまうではないかと。

　高野山の樹林や草花、陰影や雨露は、どれも菩薩の目のように澄みきって柔らかい。高野山の果てしない広さと静謐はほんとうに唯一無二だ。私はしきりに写真を撮ったけれども、撮れたのはほんのわずかで、その無力さを物の見事に味わわされた。神秘的な輝きをもつここの雰囲気を複製するのは不可能で、それは人の言語と技術の限界を超えている。このときの訪問で私は天眼を開かれた思いがして、次は人が少ないときに訪れてみようと心に決めた。そこで、祝典の行事が終わった後の七月初めに、妹と一緒に、再び高野山を訪れたのだった。

寺院の日常—風鐸《ふうたく》、時雨、金屏風

　山に登った一日目は遍照光院《へんじょうこういん》に宿泊した。この寺院は一一〇〇年あまり前に開創され、高野山の寺院群のちょうど真ん中に位置する。快慶の阿弥陀如来立像と池大雅の山水人物図を所蔵している。宿への到着が遅くなり、黄昏時に玄関の外で人を呼んでみたが、広々とした中庭が見えるばかりで、耳を澄ませても物音一つせず、ただ遠くの山から蟬の鳴き声が小さく聞こえてくるだけだった。

だいぶ時間がたって、前の廊下から紺色の服を着たおじいさんがゆっくりと姿をあらわし、私たちに靴を脱いでお上がりくださいと声をかけた。その人は型通りのお辞儀をしたあと、振り向いて一枚の紙を手に取ると、そこに英語で書かれている歓迎の言葉を恭しく一字一字ゆっくりと読んでから、部屋に案内してくれた。

部屋は十畳の広さで、清潔で明るかった。その人はテーブルの傍に襟を正して正座し、お茶をいれて、それから宿の利用案内について順を追って説明を始めた。私たちはおっかなびっくり息を殺して正座し、彼がその英語対訳のカードを大真面目に読むのに耳を傾けた。浴場の利用時間、夕食の時間、翌朝のお勤めの時間、服装の注意などだ。

彼は決められた仕事を済ませると、慎み深く私たちにどこから来たのかと尋ねた。そして台湾からだと聞くと、にこにこしながらほっと一息ついて、おしゃべりを始めた（さらに身ぶり手ぶりをまじえながら漢字や絵を描いて意味を伝えてくれた）。

夜膳は独立したほかの棟で出されたが、グループごとに一部屋用意されていた。山の上のどの宿坊も食事は菜食で、「精進料理」といい、「五法、五味、五色」の原則を守っているが、各寺院でおかずの品目は少しずつ異なっている。この日の宿泊客は十数名いて、みな日本人ばかりだ。食事の間、寺院全体が静寂に包まれ、ほんとうに静かだった――隣の部屋から聞こえる物を嚙んでいる音から、黒豆を食べているのか、それとも漬物を食べているのかさえ判別できたし、会話もひそひそ小声が聞こえるだけだった。

食後に若い僧侶が素早く食器と小さなテーブルと座布団を片づけ、明かりを消して窓を閉めた。

部屋に戻るとすでに布団が敷かれていた。建物は古く、夜の雨はしっとりと冷たくて、時節はすでに小暑だったけれども、しばらく暖房を入れてから横になった。山の夜は歴史がなく、限りなく暗い。時間は理不尽なもので、不思議と眠気に襲われ、布団にごろんと横になるとすぐに寝入ってしまった。

翌日の早朝に行なわれた勤行《ごんぎょう》のとき、ついに快慶作の阿弥陀如来像を拝観した。本堂はどこも金鬘《きんかずら》、瓔珞《ようらく》、繒幡《そうはん》、鈴鐸《れいたく》であふれ、燭光や鐃《にょう》、磬《けい》が並び、線香の煙が艶やかな縄のように立ち上っている。吉祥この上ない荘厳な美しさの中にも、華麗でしなやかな美しさがあった。真言宗は唐密に起源があり、弘法大師が入唐《にっとう》求法《ぐほう》の後に日本へ持ち帰ったために、経文と法衣はともに唐風で、仏像と儀式の決まりは依然として古天竺の風貌を残している。顕経《けんぎょう》でよく見る漢人の儀式とはずいぶん違う。

昨日案内してくれたおじいさんはなんとここのご住職で、正装用の法衣を着て読経《どきょう》を統率していた。私は合掌して四十五分間それを聞いたが、最後の一つが心経《しんぎょう》だということしかわからなかった。読経が終わると、みんなは足がしびれたと苦笑して、しばらく足を揉まないと体を起こせなかった。

朝膳のあと、一人の若い僧侶が部屋の掃除にやって来て、掃除機をかけた。窓の外では別の僧侶が中庭の草木の手入れをしている。厨房を通りすぎるとき、一人の僧侶が碗を洗っているのが見えた。正堂を通ったときは一人の僧侶が障子や襖をすべて開け放ち、座布団を敷いて、まっすぐに揃えているのも見えた。朝の光が廊下の外から淡くにじむように差し込んで、暗い部屋の金箔の屏風が静かにその光に応えている。金箔は燦然と輝くのではなく、反対に淡く薄く朦朧としている――まさに谷崎潤一郎が言うように、和建築の幽玄の美学は陰翳の視感《しかん》の中から、婉曲に屈折しながら昇華して立ちあらわれるものなのだ。

住職のおじいさんが部屋に戻り、またもとの紺色の平服に着替えてから、ちょうどこの日に参詣してくる団体のために歓迎の看板を書いていた。電話がひっきりなしに鳴り、一つ目は庭師が掛けてきたものだったが、次の電話はどうやら某所の補修工事の件らしかった。このとき生け花を担当している女性がやってきて朝の挨拶をした。そのあとおじいさんが二文字書いたときに、今度はガイドからの電話が鳴った。おじいさんは私たちを見ると、また筆をおいて声をかけてくれた。一緒に記念写真を撮りたいとお願いすると、おじいさんはすぐに襟を整え姿勢を正して玄関の縁に座った。明らかに席の暖まる暇もないほど忙しいのに、いつもにこにこして、その穏やかな表情からは忙しさに取り紛れている様子は少しもうかがわれなかった。

私たちが宿坊をあとにしたとき、住職のおじいさんが書いていた歓迎の看板はすでに出来上がって玄関の外に置かれていた。庭師が小型の乗用車を運転してやって来ると、二人はある樹の剪定のやりかたについて話し始めた。先ほど部屋の掃除をしていた若い僧侶がバケツとモップを持って通り過ぎ、もう一人の僧侶は縁側の窓ガラスを拭いている。

寺院の日常はなんとこんなふうだった。煩雑な雑務、日々の庶事。爽やかな自在さはみなこれらの勤勉な労働の中から生まれているのだ。

この日私たちは奥の院へ杉の大木や古い墓を見に行き、粛然とした華麗さが漂う燈籠堂《とうろうどう》を参拝した。奥の院へ続く参道は杉の木に囲まれた長い坂道だった。その参道沿いには武将や宰相など有名な人物の墓碑が語り尽くせないほど並んでいて、遠大な計画も覇業もすべて白露と青苔にゆだねられていた。数里に及ぶ石畳の道は気高くなだらかで、行き来する人たちはとても静かだった。道に警告の標識も柵もなかったけれど、誰も木に登って枝を折ったり、騒々しく走りまわったりする者はいない。そのうえ、沿道はきれいに保たれていて紙切れ一つ落ちておらず、崩れ落ちているように見える石碑の青苔や野草は、常に誰かが吊り下げ式の蚊取り線香をつけて手入れをし、保護しているのだった。森林全体がちょっとずつ剪定されているが、荒れ果てた雰囲気はほどよく残されている。もしほんとうに荒廃しているなら、こんな詩趣はないだろうし、便利さを追求してでたらめに除虫剤をまいていたら、新緑がこんなに隅々まで満ち溢れているはずがない。

そこで私は「精進」の意味が少しばかりわかった気がした。修行とは頭を空っぽにしたり浮世を捨てたりすることではなく、必ず日常の謹厳な労働の中でしっかりと追求されるものであり、苦悩と清浄はみな日常にあるのだと。だからこそ供養があり、隠遁《いんとん》したようなわびさびの美がある。恭しく勉め励み、草一本葉一枚の世話をして、人と自然が互いを圧倒したり超越したりしない、これこそが共生であり、こうしてこの地の山林を一二〇〇年もの間守ってきたのだ。

山の天気は変わりやすくて、晴れたかと思うと急に雨が降り出し、ほとんど毎日朝と夕方に雨が降った。奥の院を出ると、途中で大雨に遭い、みるみる滝のような雨に変わった。空から降ってくるのは、陽光であろうと雨や雪であろうと、みな無分別心《むふんべつしん》だ。私たちが慌てて林を出て、坂道の出口のところにある赤松院まで行き、隣の小さな「光海《こうみ》珈琲」に逃げ込むと、中は疲れ切った顔の外国人観光客でいっぱいだった。ヨーロッパからのあるグループは熊野古道を歩いてきたばかりで、すでに力を使い果たしているように見えた。熊野古道《くまのこどう》は辺鄙《へんぴ》なところにあって熊が出没するらしかったが、彼らはほんとうにクマに追われてきたかのようだった。店のウェイトレスは二人の物静かでかわいらしい若い女の子だった。茶髪でまつげが長く西洋人形のようだ。毎日高山の古刹《こさつ》のそばでコーヒーをいれる生活は想像もつかなかったけれど、店内には弘法大師の小さな座像が置かれ、彼女たちはそれに一杯のコーヒーを供えていた。「甘苦の目覚め、一啜《いっせつ》に供す」[*1]、それもなかなかいいものだ。

＊1 「恵山煎茶」（『介石禪師語録』）の一節「万壑の松風、一啜に供す」に倣ったもの。清冷な水を汲んで烹たてた茶を、谷から湧き起る松風とともに一啜りする、の意。

寺院の日常II　雲涛、深緑、千歳松

不動院は皇族の山階宮《やましなのみや》家の菩提寺としても知られ、高野山の寺院群の中ほどにある坂を上ったところにある。開基されて千年あまり、院内には鳥羽天皇の皇后の陵墓があり、院の紋章は十六弁菊花紋である。

不動院の僧侶は年齢を問わず全員が英語をだいたい話せるので、ここの宿泊客の多くが西洋人なのもうなずける。ご住職は立派な容貌の方で、朝の勤行のあとさらに英語で法話をされる。院内の業務を管理している高僧は痩せて色が白く、背をやや丸めて道を歩く。とても忙しそうだが、微笑むと世俗とは無縁の控えめで穏やかな人柄がしのばれる。

遍照院が百人以上の参詣客を収容できるほど敷地が広いのに比べ、不動院は観音菩薩の手のひらの如意宝珠のように精緻である。境内の「吉仙庭《きっせんてい》」は、後方の山の新緑を借景して、その緑はつまむと水が滴りそうなくらい鮮やかだ。本堂には座像の不動明王が祀られており、おびただしい数の錦絵、灯火、仏具が精妙に光り輝いている。大広間の装飾はとても上品で、その上品さはなんと清楚な南画の山水画を日常に使用しているところにある。ひとときの清閑はいくら大金を積んでもその価値は計り知れず、もとより金箔で装う必要はないのだった。

衣食が満たされた社会では、金箔を貼り、銀をちりばめた器は親しみやすい民衆の気質を帯

びている。つまるところ、金の喜びは率直で、静かな輝きの中におのずと湧き上がる喜びがある。これを満ちたりた豊かさと言う。清気《せいき》あふれる山水画が語っているのは情緒的な境地であり、白い紙の上に淡い墨で描かれた絵は、絶対に汚してはならないと、敬虔な気持ちにさせられる。これを淡く深みのある気高さと言う。

夜膳も精進料理で、彩も味もすばらしかった。一泊目の夜は宿泊客全員が「庫裏《くり》」の大部屋で食事をとった。この部屋には十数卓の黒檀の角テーブルがあり、人が映るくらい黒光りしていて、水屋や屏風はどれも保存が良好な骨董だった。翌日は独立した個室でそれぞれ食事をしたが、間仕切りの襖絵は金箔の松、梅、飛燕《ひえん》が描かれていた——連日の金銀ずくめのせいで、私はそれを見ても顔色一つ変えなくなっていた。

この日は金剛峯寺《こんごうぶじ》、壇上伽藍、霊宝館を参観した。金剛峯寺は真言宗の総本山で、豊臣秀吉が亡き母のために建立した寺院である。中庭には日本最大の枯山水「蟠龍庭《ばんりゅうてい》」があり、雲海の中で二匹の龍がうねりながら向き合う形をイメージして、白川砂の上に墨色の花崗岩が配されている。それぞれの部屋の襖絵はきらびやかで比類ないほど美しく、狩野探幽の梅月流水図、山本探斎の柳鷺図《りゅうろ》、守屋多々志の四季の花鳥など、一枚の四角い襖に天門開闔《てんもんかいこう》の詩情がある。

厨房は意外に明るく広々としていて、古い竈《かまど》や食器棚はきれいに手入れされ、流し台は今でもまだ使われているように見えた。釜と竈の大きさや重さからすると昔の料理僧の腕の力は大したものだとわかる。そうでなければこれほど重い日常の飲食を執り行なうのは難しかっただろう。壇上伽藍は高台にあり、十余基の塔やお堂が建立されていて、それぞれに典故をもっている。最も知られている根本大塔《こんぽんだいとう》や、伝説で弘法大師が三鈷杵《さんこしょう》をかけたという老松もここにある。霊宝館に所蔵されている諸尊仏からは氤氳《いんうん》と後光がさし、その中の快慶作の深沙大将《しんじゃたいしょう》立像は迫力満点だ。放光閣の中の諸仏は丸く輪を描いて座し、慈悲深く見降ろす様は震え上がるほど美しい。一歩中に足を踏み入れると、翻然として悟り、即身成仏《そくしんじょうぶつ》しそうになる。館内で大きな参詣団に出会った。数十人の痩せて小柄なおばあさんたちで、背は丸くて腰が曲がり、そのうえ外反母趾だったけれど、みんなしっかりした足取りで、表情を輝かせながら仏像一つ一つについて詳しく品評をしていた。彼女たちが私の肩の下を素早く通り過ぎて行ったとき、それに比べて自分が恐ろしくのろいのに気がついて恥ずかしくなった。

午前中の天気は明るく快晴だったが、午後はまたぱらぱらと雨が落ちてきた。山の中にはいたるところ古跡宝蔵があり、毎日八時間山を登ったり下りたりしても、到底見終わりそうになくて、私はもうこれ以上どんな古跡も見る力をなくしてしまった。恵光院《えこういん》に阿字観《あじかん》瞑想の体験ができると聞いて、玄関まで行ってみると、靴箱はすでにいっぱいで、一人の端正な顔立ちの僧侶が明日の朝また来てくださいと詫びを言った。正直それでもよかった。なぜなら、もし中に入れたとしても、私たちはきっと疲れて眠ってしまい、むだに恥をかくだけかもしれないからだ。冷たい雨の中を歩いて千手院橋《せんじゅいんばし》付近の喫茶店「養花天《おさむけてん》」に入った。そこの「善哉《ぜんざい》」は歯が柔らかくなるくらい甘かったけれど、このときの糖分はまさしく魂を呼び戻す一粒の霊薬だった。

千手院一帯は仏具店と土産物屋が多い。参詣団のバスが次々にやってきて、おじいさんおばあさんを二十分の時間制限つきで店の前に下ろしていた。店員の集団が店の入口で歓迎の出迎えをしてから、二十分の間に盛んに販売をするのだが、試食をしてもらい、お茶を勧め、会計をする、その効率の良さは驚くべきものだ。観光客の一つの波を送り出すと彼らは静かに散らばった。ほとんどの菓子はどれも柔らかくて嚙みやすく、煎餅でさえ口に入れるとすぐに溶けてしまう。宗教は果たせるかな、高齢者向けのいい商売になっている。この地が発祥の高野豆腐、胡麻煎餅、精進カレーはぜひ試してほしい一品だ。ほかに大師堂というお香の老舗の沈香《じんこう》と白檀は、品質、価格ともに良い。

黄昏の雨がやみ、遠山にかかる雲が散逸して、諸行は調伏《ちょうぶく》された。私は、白のキャンバスシューズで数日間雨の中を歩いたのに、まったく汚れていないことに気づいた。山林をここまで服従させ、きれいにできるのは、日本だけだ。天災が多発した歴史の中から諸行無常を深く悟り、これにより日々精進の心を蘇らせているのだ。傘を手に不動院の外の杉の小道の前に立つと、静かな町に人の気配はなかった。夕焼けのない空はまるで人の心のように澄みわたり、それがかすかに暗くなって、徐々に闇の中へ消えて行く。街灯が灯る前に、天地山川のすべてが諸佛祖のもとへと帰って行った。


カ・ユゥフェン（作家・エッセイスト）二〇一五年／白水紀子訳

いつかあなたが金沢に行くとき

黄麗群

台北を発つ飛行機が小松空港に着陸するのは、たいてい日が暮れたばかりの頃になる。ここは日本海側の北国の地にあるスズメのように小さな空港で、このとき入国するのはこの一便だけだ。早めに入国審査をすれば、職員が無造作に蛍光灯をつけ、あたりがぱっと明るくなると、入国審査官が制服を整えながら事務室から出てきて、群れをなして泳ぐ魚のようにぞろぞろと審査ボックスの席に着くのを見ることができる。彼らの顔つきも魚の腹のように、平べったくて青白く、光線の下で毛細血管が透けて見えるほどだ。

いつかあなたが金沢に行くとき、この情景はあなたを、脳内の軸心がガタンと外れて、それまで昼も夜も体の中でウオンウオンと鳴っていた低周波の騒音が一時停止したような気持ちにさせるか、あるいは私みたいに何度も繰り返しこの町を訪れたいと思わせることだろう。

真っ暗な夜に金沢へ向かうリムジンバスは、まるで暗い夜空の真ん中を航行する、ヒッチハイカーたちを乗せた宇宙船のようだ。*1 道路の片側に墨色のガラスのような日本海が広がり、もう片側には渺茫《びょうぼう》たる荒野が続き、さらに遥か遠方に灯火がぱらぱらと見えるだけだ。おそらくどんな人でもこの四十分間の乗車中に、そのとき連れがいてもいなくても、人間がいかに寄る辺ない身の上であるかをつくづく実感することだろう。途中のいくつかの停留所で何人か降車すると、空いた座席には言葉にならない寂しさが漂う。付近に駐車場はなく、民家もなく、ただバス停の標識を照らしている街灯が一つあるだけだ。燃え尽きた白色矮星《はくしょくわいせい》。いったいここからどこへ行けるというのかしら、私はいつも彼らを眺めやる。

どんないきさつがあるのか見ていてもわからない。バスは猛スピードで走り続ける。ゆっくりと市内に近づいて行く間、煌々と明かりの灯る人家が突然あらわれることもなく、ただ雨上がりの地面にあちこちできた水たまりが、光を反射しながら徐々に生まれ変わる場所を得て、落ち着いていくのが見えるだけだ。

◆

金沢は北陸三県（福井、石川、富山）が懐に抱く宝玉で、旧名は尾山《おやま》といい、慶長年間（十七世紀初め）に金沢と改名した。古くからこの地で砂金が産出されたそうで、今日でもなお金箔の製造で名を知られている（観光客のほとんどが金箔ソフトクリームを食べて写真を撮るのが定番になっている）。四季を通してきめ細やかな潤いがあり、雨が多く、「加賀百万石」によって豊かにはぐくまれてきた。名実ともに「黄金は麗水に産する」という太平でめでたい気風がある。降りしきる霜雪によって、昔は冬になると山も道も閉ざされてしまったが、賤ヶ岳《しずがたけ》の戦いのとき、羽柴秀吉はこの点を計算に入れて、北陸を地盤とする柴田勝家の大軍の出陣を遅らせた。

柴田は老いてなお志を失わず、春を待たずに、全軍を挙げて雪を掻きのけ、ついには壊滅へと至る遠征の途についたのだった。

この後、前田利家は加賀、能登、越中の地を封じられ（江戸時代はこれらを合わせて加賀藩と呼ばれ、範囲は今の石川県と富山県の一部に及んだ）、金沢は無血開城して、さらに藩主のための拠点となった。前田一族は内政に長け、日本には古くから「政治は一加賀、二土佐」という言葉があるほどだ。藩政時代には英明で長寿の藩主を輩出し（たとえば、名君中の名君と称せられる前田綱紀は、およそ七七年にわたって在位した）、数百年にわたり物産に富み民が豊かな時代が続いた。

でも、いつかあなたが金沢に行くときには、蒔絵や輪島塗、あるいは九谷焼や加賀友禅の華麗さに目をくらまされてはいけない。北陸の地の、外にはあらわれない内に秘めた真の才智は、その実、昔から一年の四分の一の長きに及ぶ孤立と隔離の中にある。そしてそこから生まれた雪のように真っ白な「安忍の心」だ。このことは金沢に一種の調和のなかの不調和感、世俗の非世俗感をもたらし、十三無辜《シーサンウーシー》＊2なのに、和光同塵《わこうどうじん》＊3であるのは、ほかの都市ではほとんど見られないことだ。明治維新の廃藩置県の後、日本の経済情勢が大きく変化し、金沢は本来の国内第四の大都市の位置から何度も後退した。五木寛之『朱鷺の墓』の一部の背景はまさに日露戦争後の金沢だが、そこには、見渡すかぎり暗く湿った霧に覆われていた、と描写されている。このあと長期にわたって人口流出が続き（この二年でようやくマイナス成長が止まった）、地方鉄道が次々に廃線となり、東京と金沢を結ぶ北陸新幹線の整備計画の決定から正式な運行まで、四十年の歳月を要した。メディアはこれを「悲願」だと称している。

開通後、地方政府は喜び勇んだが、一般住民は反対にそっけなかった。結局、いくつも山を越える暮らしをこうして四十年も続けたわけだから……。

ホテルに着いて旅装を解くと、通常は夜の九時近くになる。時には外へラーメンを食べに行くし、夜のお酒を飲む場所にも困らないけれど、でもたいがいは日本の最も輝かしい風物であるコンビニへ直行する。水とパンとヨーグルト、または調理済みの軽食を買うのだ。翌日の朝ささっと食べてすぐに外出できるように。

常宿のホテルはいつも金沢城と兼六園を望む部屋を用意してくれる。私はテレビをつけ、買い物袋の中からアイスクリームを取り出して、冷たい光で覆われている金沢城の石垣を眺める。夜は両の耳がピンと張るくらい静かだ。

◆

旅行ガイドブックやキャッチコピーでは、金沢はよく「小京都」と呼ばれる。でも私は、ここで失礼を顧みずに異議を唱えようと思う。おそらくそう僭越なことではないはずだ。なぜなら金沢の人もきっと同じように考えているからだ。私は当地でとても面白いポケットブック『金沢の法則』（泰文社）を買った。その中で紹介されていることの一つに「脱・小京都！　金沢は金沢やじ!!」（三四頁）がある。これはこの地の人たちの自尊心からというよりは、むしろ「（相手からお世辞のつもりで）取り入られる」ことへの嫌悪感が充満しているといった方がよい。私はこのような嫌悪感が好きだ。

「小京都」の譬《たと》えは一種のスケッチ風の輪郭に基づいている。例えば、両地とも数々の繁栄の時代と風俗習慣を有している。ともに河景に優れている。ともに第二次世界大戦のときに空襲を免れている。ともに保存状態が良好な町家や伝統的な建造物のある集落を有している。その他これに類するものはたくさんある。金沢は京都千年の高貴なスケールとは比べものにならないにもかかわらず、百万石で養われ、「男川」の愛称で呼ばれる犀川《さいがわ》と「女川」の浅野川に抱かれて、川沿いには十八世紀から今日まで保存されてきた東西茶屋街がある。かりにおっとりした金持ちのお嬢様や、高貴な若様というふうに譬えたとしても、言い過ぎではないだろう。ただ、金沢をひとしきり歩くと、すぐに両地に内在するテクスチャーがいかに正反対かに気づかされる。金沢の人はわりと簡単な言い方をする、「京都は公家（貴族）文化、金沢は武家（武士）文化だ」と。この言葉にはかなり婉曲に、「話すと長くなり、説明するのもめんどうだから、間に合わせにこう区別しておこう」といった意味が込められている気がする。

そこで、話をもう一度前田一族に戻そう。

加賀藩の祖である前田利家の没後、「養命保身」の原則を受け継いだ利長、利常の二代は、まだ体制が安定していなかった徳川幕府の猜疑心を巧みにかわして（聞くところによれば、隣接する福井藩は近くで加賀藩の監視をする徳川家の内通者だったらしい）、誠意を示し、通婚をし、人質を差し出して、ようやく江戸の加賀に対する、もともと一触即発だった関係を鎮静化させた。加賀藩は代々利家の家訓を遵守し、関ヶ原の戦いから明治維新まで、次々に迎えた歴史の曲がり角をぎりぎりに曲がりきり、スキルツリー上の「運気」「手腕」「政治判断」すべてにおいて満点をとってきた。

後世はこのような小心翼々とした身のこなしを鼻先でせせら笑っても構わないが（たとえば司馬遼太郎が書いているものは、ややこうした意味合いがあるようだ）、でも私は思うのだ、自分は白い紙の上に黒い文字を書いて確かな証拠を残し無痛の玉砕を求めながら、他人には大きな喜びと悲しみを抱いて命を捧げ熱血を注ぐよう期待するのは、もちろん簡単なことだと。前田家兼は従順さに長け、大義名分上では必ずしも優れているとは言いがたいが、しかしそれを別の面から見れば、無分別に戦争を起こさなかったので、民百姓から重税を搾り取らずに済んだし、文芸をこよなく愛したのも、たとえ男女の恋愛にふけったとはいえ、同じく一種の政治テクニックだったのだ。

この数百年の間つかず離れず、頭を垂れ目を閉じて胸の内を明かすことがなかったのであれば、京都が天子様のお膝元で大事にされていたのと比べると、同じ道を歩めないのは明らかだ。「求全」この二文字は、書けば筆画は少ないが、それを引き受けるのは決して容易ではない。だから金沢の人が「小京都」という言い方をあまり喜ばないのを悪く思ってはいけないのだ。

いつかあなたが金沢に行くとき、この三文字はとりあえず覚えなくても構わない。

もちろん時には、人と争いたくないのに、相手があなたと争いたがることがある。あなたは春風を吹かせたいのに、相手が逆に「春の天気は継母の顔のように」不安定なときもある。加賀藩がもし雄藩でなかったなら、そしてもし相手が呑み込もうとしたときに固い骨がなく、手出しをしようとしたときに手に棘がなかったならば、たとえどんなに静かに身を引っ込めていて領地の割譲や廃藩は避けられなかっただろう。

◆

いつかあなたが金沢に行くとき、と話し始めたのに、これではまるで必ず見るべきものは何もなく、必ず買うべきものも何もないみたいだ。

でも、金沢は風雅に富み、茶道と和菓子が有名で、現在も日本のスイーツの（さらにコーヒーも）消費量が一位の都市である。それら和菓子の漢字の命名と形状はインパクトがあって強く印象に残る。和三盆糖ともち米粉で作った干菓子は、「長生殿《ちょうせいでん》」と呼ばれ、四季の風情を形づくった落雁《らくがん》は、「今昔《いにしえ》」と呼ばれる。桜の花の姿をした「桜もなか」や、金沢の文豪の泉鏡花にちなんで紅葉がかたどられた「鏡花もなか」もある。ただ、続けてひと通り買ってみて、私はいつも友人にはそれらに出会ったらその場で成仏させたほうがいいと勧めている。それと加賀棒茶は必ず飲むべきだとも。

また、金沢は四季折々に精緻な美しさがあり、なかでも雪の中の兼六園と金沢城は素晴らしい。晴れた午後の長町武家屋敷《ながまちぶけやしき》もいい。春に「ひがし茶屋街」と「にし茶屋街」に行くとき、どうしてもどちらかを選ばねばならないなら、東側がお勧めだ。また、浅野川と卯辰山《うたつやま》の昼と夜の両方の風景を味わいながら一度に全部歩きたいなら（二回に分けて行ったりしないと思うから)、スケジュールを午後から夕方に組むといい。「金沢海みらい図書館」はやや遠いので、時間が足りなければあきらめるしかない。秋にカニを食べるなら、尾山《おやま》神社と近江町市場《おうみちょういちば》は歩いて五分の直線コースなので、同じ朝に予定を組むのがいいだろう。それから鈴木大拙館《すずきだいせつ》は、僧侶が永遠の時間の中で突然両目を大きく見開いて磬《きん》を打ち鳴らしているような佇まいをしていて印象的だ。

しかし金沢の美しさはこれらだけではない。金沢の美しさは、よりによって外は濃艶だが中身は淡くのんびりしていて、円熟した大人の仙女の姿の裏に「無心無意」が隠されているようなところがある。それはちょうど几帳面に組まれた日程表とは正反対のものなので、旅行の計画をいつも「何時何分」までつくってしまう私はしばしば自己矛盾に陥ってしまう。形而下で正確になればなるだけ、形而上はますます不正確になる。このロジックは計画的な殺人事件にぴったりだ。松本清張の名作『ゼロの焦点』はまさに金沢が舞台だったし、ベテラン俳優の津川雅彦と草刈正雄も、かつてテレビドラマ『旅情サスペンス　金沢能登殺人周遊』で共演したことがあった——たんに人を殺すのではなく、半島を周遊しながら人を殺すのだ……。

私は以前、金沢は台南に似ていると感じたことがあったが、のちに別の側面から見て、台北ともまたよく似ていることに気づいた。観光スポットに全部出かけて行くのは、もちろんいいけれども、どこにも行かないのは、もっといいかもしれない。町じゅうをぶらぶら歩き回ったり、川辺の草地に寝転がったりする。それともバスに乗って市内をぐるぐる回ってみる。あるいはものすごくジャンクフードが食べたくなる朝食の時間にマックに行ってみる。

一度バスで珠姫《たまひめ》を祭っている天徳院に参拝に行ったことがある（珠姫は徳川秀忠の娘で、前田利常に嫁がされたが、夫婦仲は良好で、両家を守るために心を砕いて他人の及ばぬ優れた成果を収めた）。バスを降りるとすぐWi-Fiのルーターを車内に置き忘れたことに気づいたので、すかさずその場でタクシーを呼び止めて、運転手さんに〇〇番のバスのあとをひたすら追いかけてもらい……二千円分くらい追いかけて、山の中腹の終点に着いた。なんとそこは地方の大学だった。私は何度もお礼を言ってバスの運転手さんの手から機器を受けとった（学校の警備員さんがそばでなぜかものすごく喜んでくれた）。ふと振り返ると、ここは地勢の利を得て、前方に雪が星のように降り注ぐ遠山があり、白一色で他に何もない大地が一面に広がっていた。低くたれこめた雲と銀藍《グリー・ブルー》の空が冷ややかで美しい。

そのあとそこに座って朝の半分の時間を過ごした。金沢では、惜しい時間はどこにもない。

◆

私にとって、一つの都市を語るのは、その都市と親しくても親しくなくても、愛していても憎んでいても、とても難しい。ある街角に生きていても、そこに海のかなたより親しみを感じるとは限らないし、海のかなたが街角より苦難に満ちた液状の時空であるとも限らない。海のかなたも街角も胸にあふれる思いを抱え、各種各様の公共性を供えている。でも、あなたとその都市の関係は、最後には、やはり極めて個人的なものだ。だからどう人に語って聞かせても、中の心は外からは見えないと感じてしまう。どんなに言葉を尽くしても真意が伝わらない気がするのだ。ましてその都市の姿がgoogleのストリートビューの撮影車から私の携帯の中まで秒単位で増え続けて、地球の身体の映像がいっぱい詰めこまれるようになってからは、反対に様々な神秘のボタンが永遠にはずされてしまった。かつて珍しい光景や見知らぬ感覚によって生じた私たちの仲間意識がいったん取り払われてしまった以上、これよりのち、人と空間のことは、非常に普遍的で、また非常に個人的なものに変わってしまい、その最も個人的な先端はまさに普遍に向けられている。誰もがそれぞれ短所と長所、切れ味の良し悪しをもった身体で、「同じこと」を見たと思っていても、すべての人の心の中の「同じこと」は、まったく同じではないのだ。

明るくフラットになればなるだけ、ますますお互いを識別できなくなり、なんと全体を覆う暗黒よりも、さらに一寸先も見えないほど真っ暗闇になってしまった。

よく人は私になぜ金沢が好きなのかと尋ねるけれど、私の答えはいつもこの数千字の文章のようだ。たくさん話したのに、自分では何ひとつ話し終わっていない気がする。それに肝心なことを何も話していない気がするのだ。あるときそこに座っていると、突然心の中に生き生きと、金沢に関する一コマが、まるで自動車事故のように縦横無尽に押し寄せて来ることがある。それらはもともと意味も文脈もないものだ。路地の奥から抜け出たときに見た、光がまるで大通りを押し動かしているような光景。十字路に立って道を渡ろうと待っているときの空気の流れ。でもこれらをどう話せばいいのだろう。

おそらく、日ごろ好きだと感じていることを話すのなら、好きな有名人の話をするみたいに、とても気楽に、すらすらとユーモアをまじえて話せるのかもしれない。ところが恋愛感情の話になると、ひどく手詰りを感じてしまう。まるでありったけの言葉を動員しても、まだ足りないと感じる、そんな人のことを話しているみたいに。

あなたはなぜその人を愛したのか、と訊かれて、試しに理由を挙げてみたところで嘘の罪業《ざいごう》を深めるだけ。最後にたどりつく真相は、言うことは何もない、だ。

金沢のように雨が非常に多いところは、年間の雨雪の降水日数は、各種統計によればなんと百七、八十日もある（いったい一年は何日あるというのかしら）。ところが、私が訪れるときはきまって連日の好天気で、写真を撮って友達に見せると、誰もが空が壊れそうなくらい青いと言う。この幸運を惜しみなく使って、一週間から十日間ほど滞在し、台北に戻るころ、すぐにまた雨が降り出す。これも何が原因なのかわからない。

帰りの飛行機は遅い便だ。午後、空港行きのバスに乗ると、道路の右手には、日本海の上空の積雲がいつも「旅立ちを前にしっかりと服を縫って」[＊4]雨を降らせる準備をしている。あるときのこと、バスが小松空港の正面出入口に到着した。ふと見上げると、まるで煎年糕《ジエンニエンガオ》〔油で焼いた餅〕のような、やわらかで弱々しい金色の雨雲が空に浮かび、ひと口かじられた雲の切れ間から、夕日が油光りして降り注いでいた。周りには誰もおらず、私はキャリーバッグを引いたまま道の真ん中にしばらく黙って立ち尽くした。そのとき思った、その昔人類は、どんな信仰を持っていようと、みんな夕日の背後に天使がいると信じていたけれど、これは少しも愚かなことではなかったと。

いつかあなたが金沢に行くとき、あなたもその夕日を見てほしい。私がときどき、あれこれもっともらしい話をしたり、ああだこうだとあちこち駆け回ったりするのは、つまるところ、誰もいないところに立って、自分を相手に天使の話をしてみたいからなのだ。

ホワン・リーチュン（作家）二〇一六年／白水紀子訳

＊1　『銀河ヒッチハイク・ガイド』に出てくる宇宙船。
＊2　マージャン用語で、塔子や対子が一切ないバラバラの役。
＊3　優れた才能を隠して俗世間と交わること。
＊4　孟郊「遊子吟」慈母手中線、遊子身上衣、臨行密密縫、意恐遅遅帰（慈母の手には裁縫の糸、旅立つ息子が着る服を、旅立つ前にしっかりと縫う、案ずるは遅々として帰ってこないこと）より。

最高の季節

王盛弘

　銀閣寺から若王子橋へ向かい、哲学の道をそぞろ歩く頃には暮色が下りてきて、視界もうっすら灰色に霞んできた。ふと、スポットライトが当たったかのように路地口の塀際の何本かの草に注意を引かれた。高さ一尺ほどで枝も蔓《つる》もなく、まばらな細長い緑の葉がまっすぐ上に伸び、てっぺんに黄色い花がばらばらに咲いていて、とても奇妙に見える。株の前に木の札があり、「周辺大糞花」と達筆な字で書いてある。雅とは言えない名前だが、そこはかとない風流が滲み出ている。

「大糞花」の三文字の横に、教師が作文の添削をするように、この麗しい警句に小さな丸が付いている。かがんでじっくり見て推察したが、この名前を付けたのはおそらく旅行客に取られるのを防ぐためだろう。台湾の田舎でも熟した果実に赤い紐を付けて、農薬を散布したばかりで毒があると警告するのに似ている。だが、この花は花弁のように見えて実は葉で、草と言ってもヒユナのような姿の植物だ。いったい何だろう。

人は路上で何気なく野の草花に目を向けたり、近寄ったりすることがある。旅行中の風景が長い時間を経てふと甦ることがあるが、その中心は植物だ。例えば東京の地下鉄目黒駅そばの空き地にオシロイバナが群生していて、見かけたのがちょうど黄昏時だったので満開だった。どれだけ長い月日が経っても、いまだに母が台所に立つ夕方になれば、その花は決まって花を咲かせる。あるいはあの年の九月十一日、あの魔の時刻に、エジンバラ近郊の海辺の小さな町で、私は垣根から突き出たバラをしげしげと眺めていた。庭園の端にフランス窓があり、薄いカーテンの裾が少しのぞいて、テレビ画面の光が音もなく漏れていた。宿に戻ると家の主人が慌ただしく私の部屋のドアを叩き、引っ張って行ってテレビを見せた。一機のボーイング747が高層ビルに衝突し、続けて二棟目にもぶつかった。エジンバラ郊外の海辺の小さな町のバラ園の家で、あの時画面に映っていたのは繰り返し放映されたあの場面ではないだろうか。そのため、望んでもいないのに、可愛らしく咲くバラと煙火が私の脳裏で重なって甦る。

今回関西へやって来たのは秋分が過ぎて間もない頃で、気候もさわやかで、涼しくても決して寒くはなく、太陽が出ても汗ばむことがない。友人が「あと数週間待って紅葉がきれいになる頃か、いっそ来年春の桜の季節に行けばいいのに。とてもきれいだよ」と言うので、「そういう時期は観光客ばかりだからね」と答えた。私は紅葉や桜が見られなくても残念に思わず、

「その時あるものを見ればいいさ」と言った。出発したい時が最高の季節なのだ。新緑はもちろん生の喜びに満ちているが、華麗さが色あせ凋落しても、その凋落する前の最後の奮闘にも雅な美がある。

こうやって道を歩いて、今まで花や草に出会わなかったことがない。唐招提寺《とうしょうだいじ》の萩が低い竹の垣根越しにこんもりと伸びて、小道まではみ出て、赤や白の素朴な花が慎ましく風に揺れ、この寺の幽遠さをいっそう引き立てる。志賀直哉旧居の裏庭では一本の芙蓉《ふよう》が静かに雨に打たれている。清水通りの防火用路地口のトケイソウは水管の上まで蔓を伸ばし、艶やかな花を咲かせている。三年坂の民家の門口に盆栽がまちまちに並べられているが、その中に見慣れているのにどうしても名前が浮かばない草があり、小さな灯籠風の赤い実が精緻で雅だ。奈良の薬師寺の茅や三十三間堂の寄せ植えされたイヌタデと稲は、細長く伸び、風に吹かれてわずかに揺れ動く中に秋が軽やかに溢れだす。

あるいは朝顔。日本の植物の中で「顔」という字を用いるのは、少なくとも四種類、朝顔以外に昼顔、夕顔、夜顔（それぞれ台湾でいう「牽牛花」、「日本打碗花」、「扁蒲花」、「天茄児」）があり、花が咲く時間によって区別される。言い伝えでは、昼顔を摘むと食事の時に碗を割る羽目になるので「打碗花」と呼ぶとか。「扁蒲」はユウガオでよく食卓に上る野菜だ。「天茄児」は「月光光」とも言い、夕方に開花する。

日本の茶道の大師匠千利休（一五二二―九一）の庭園には、目を奪われるほど朝顔が咲き誇り、豊臣秀吉はそれを知ると千利休に命じて茶会を催させた。ところが豊臣秀吉が会場に到着してみると、園内の朝顔がひとつ残らず摘み取られていて、秀吉は激怒した。茶室に入ってみると瓶に一輪の朝顔が清らかに生けられていて、激怒は驚嘆へと変わった。こうした日本の生け花の美学は、韓国の李御寧に言わせれば、「それが咲いている宇宙の美しさを縮小して、瞬間なりとも自分のそばにおこうとする欲望」なのである。私も試してみたが、共感するのは難しい。

その頃には秋風が吹き、朝顔もすでに退陣の準備をしている。秋の気配ゆえにまた詩情が感じられる。東大寺二月堂や三十三間堂では朝顔を長方形の植木鉢に植えて窓の下に置き、鉢から窓格子や軒先まで何本も縄を張って蔓が上に伸びるようにしているので、緑の簾《すだれ》のようになる。この頃には残る花もわずかとなり、裂けた葉縁に沿って褐色に枯れた痕が見え、実もはち切れんばかりになって、地面に何粒か黒い種がひっそりと落ちている。私は身をかがめて拾う。将来自分の家の庭に植えて、花の時期に友人を観賞に招いて「これは奈良の東大寺二月堂のもので、そっちは京都三十三間堂のものだよ」と言えると思えば、誠に風雅である。見識のある友人なら、かすかに賛嘆の声を漏らし、愛おしげに、また羨ましそうに花や葉を触りながら「おお、二月堂か」、「ああ、三十三間堂か」と言うだろう。私はいっそう得意げな気持ちになる。そのあと友人がおずおずと「じゃあ、種ができたら数粒くれないか。家で育てて観賞してみたいから」と言い出す。ははっ、私は自慢を隠せずに気前よく「もちろん、もちろん」と答える。みんなもつられて笑い、全員が欲しいと言う。

数人がテーブルへ移動して腰を下ろし、抹茶を啜って和菓子を食べて談笑する。朝の光が緑の簾越しに地面やテーブルの脚に射し込み、私の脛《すね》に細かな光の点が照らし出され、風が吹くときらきら光る。

朝顔が退陣し、萩は慎ましやかなので、秋分直後に一番目を引くのは彼岸花だ。

初めて関西空港に降り立ち、バスで奈良へ向かう途中、空はどんより曇り、車窓から眺める景色は単調で、空も地も鉛色だった、高速道路から降りて郊外へやって来ると、稲田が次々と目に飛び込んできた。何と美しい風景だろう。稲穂はよく実って首を垂れているが、葉はまっすぐ上を向いている。金色に染まる中、わずかに柔らかな青緑色が見える。何と美しいのだろう。何度も心躍らされるのは、畦《あぜ》のあちこちに赤い彼岸花が見えるからだ。花が見えても葉は見えない。その後、唐招提寺から薬師寺へ向かう途中、薬師寺付近の稲田の畦に咲いたり散ったりしている彼岸花を見かけた。野の草のようであり、野の花のようでもある。私も父親が持ち帰った彼岸花の球根を植えたことがある。ふだんは緑の茎と葉ばかりだが、大切に守り育てて、一年に一度の開花を待つ。目の前の田野に気ままに生長する光景とは異なり、家のペット扱いだ。

後に京都タワービルの書店で季刊誌『銀花』第六七号（一九八六年九月三〇日発行）を買った。「東京の雑草」という特集で、彼岸花がその中にあった。雑草専門家、稲垣栄洋の著書『身近な雑草の愉快な生きかた』にも彼岸花が取り上げられている。彼岸花は日本では雑草として定着している。雑草と言っても、花が散った後に種ができることはなく、根によって繁殖する。二千年あまり前に中国長江流域から九州北部へもたらされ、現在は日本全国に広がっているが、すべて人の力に拠るものだ。ひとつには彼岸花の根を含む土が建築工事などで各地に運ばれることで広範に広がった。もうひとつは農家から歓迎されたためである。というのも、彼岸花の牽引根は土をまとめて流出しにくくする働きがある。分泌される化学物質は「生長阻害」効果があり、雑草の生長を抑制する。根には毒があり、モグラなど畦に穴を掘る小動物はそれを避ける。それに有毒と言っても、人間なら簡単に除去できるので、豊富な澱粉によって救荒植物となる。

彼岸花の名前の由来は、彼岸の時期（春と秋の彼岸は春分と秋分の前後三日、計一週間）に咲くことに拠る。私は偶然その開花の季節に飛び込んだのだ。赤い彼岸花以外に、私は哲学の道で白い彼岸花を見かけたことがある。実に美しい。赤い彼岸花は「曼珠沙華《まんじゅしゃげ》」、白い彼岸花は「曼陀羅華《まんだらげ》」とも言う。「曼珠沙華」は『法華経』に由来し、天上に咲く花を指す。しかし実際には幽霊花や地獄花など多くの別名を持っている。秋の彼岸に日本人が墓参りをする時にいつも墓の周囲に咲いているからだとする説以外に、伝説によれば彼岸花は自ら地獄へ赴いた唯一の花で、送り戻された後、黄泉の道を徘徊して、死者を導き慰めるために花を咲かせるのだと言われる。「冥界の三途《さんず》の川べりに咲き、川の彼岸を忘れる引導の花」なのである。何でも花の香りに魔力があり、生前の記憶を喚起する力があるという。花と葉が同時に見られない特性から、「無義花」、「老死不相往来《しぬまであわない》」とも呼ばれる。日本では別離や逝去と結びついた葬礼の花である。

彼岸花のように美しく艶やかでありながら、その身にかくも凄まじい意味を持った植物はめったにない。

京都を離れる前日、府立植物園へ行った。正門を入ると目の前一面にコスモスが咲いていて、視線の果ては奥深い林になっていた。ああ、慌ただしく出発した旅行者の私は、ここに残す時間があまりに少なかった。ぶらぶら歩いているうちに、遠くに華やかな場所が見えたので、急いでそこへ行ってみると、私の身長とほぼ同じ高さの植物があり、何と二日前に哲学の道近くの路地で見かけた「周辺大糞花」だった。黄色以外に赤紫色の品種も咲き乱れ、ほかにも様々な色があった。私は札に書かれた学名 *Amaranthus tricolor cv.* 〔ハケイトウ〕をノートに書き写し、記憶の深部にしっかり埋め込んだ。

その夜、荷物をまとめながら、拾った朝顔の種を数粒手にして躊躇、苦慮した。税関で申告しないと違法になる。しかし、だがしかし、それを捨てるのは忍びない。テーブルの前に座り、黒い種をじっと見つめ、しばし考えに耽った。

ワン・ションホン（作家・編集者）二〇一〇年／山口守訳

追記

ここに書いた「周辺大糞花」は、漢字文化圏に暮らしながら日本語に通じない作者の誤解だった。訳者の山口先生の判読によれば、札には「周辺犬糞尿おことわり」と書かれていた。ここに訂正して、山口先生のご指摘に感謝申し上げたい。

はい、私は日本へお花見に行ったことがないんです

江鵝

毎年旧正月の春節が過ぎると、お花見のメッセージが雨後の湿疹のように、私のフェイスブックの投稿画面に発生する。最初のころの病状は穏やかだけど、三月、四月になるとピークに達し、終日ピンク色のかゆみで埋め尽くされる。こっちが治れば今度はあっちにできるという具合で、桜がすっかり散ってしまうまで止まらない。日ごろ、自分で「いいね！」をクリックしたのだから仕方ないと感無量になっているのは、グルメ専門の早送り動画を流しているファンページに対してで、彼らは自分たちのアメリカ時間に合わせることしか頭になくて、台湾人が就寝時間帯にこんな食べ物を見たらどんな気持ちになるか気にも留めてくれない。ところが、ひとたび三月末、四月初めになると、理性的な神経を最も挑発してくるのが各種大型旅行ページのお花見情報だ。東京の千鳥ヶ淵はどんなに美しいか、京都の醍醐寺はどんなに美し

いか、奈良の吉野山はどんなに美しいかなど、行ったことがない私はどんなに胸がうずいたことだろう。少し前に小江戸の川越「春の舟遊」という写真を目にしたときには、急いでチョコの舌下錠をひと粒口に含んで痛みを和らげようと思ったくらいだ。

旅行の特集ページに載った美しい風景写真はどれもプロが撮ったもので、角度・構図・配色、さらに道行く人の数まですべて綿密に計算されつくしていて、見ればその中に専門知識が隠れているのがすぐわかる。そして、どこでどんな桜を見ることができて、どの風景を組み合わせるか、早咲きの花はどこにあり、遅咲きの花はまだどこにあって、どんな車や列車に乗るか、期間限定商品は何を買うかなど、気をつけること注意すべきことが、至れり尽くせり紹介されている。これら花見の記事は、センテンスごとにじっくり読んでいけば「どんなバカでも満開ららららが楽しめる」という楽観的な期待を与えてくれるけど、むしろ虚を突いて人を嫉妬の炎で燃やすのはフェイスブックの仲間たちのほうで、彼らがやるのは花見の実践ときている。緯度は南から北まで、嘉義の阿里山、淡水の天元宮、そして関西、関東、北海道と、犬がいる人は犬を連れ、犬がいない人は人を連れ、連れて行く人がいない人はみんなを集めてピクニックするのだ。青い空、白い雲の下で、やわらかでみずみずしい桜の花をバックに写真を撮り、フェイスブックにアップする。「この季節に桜の花を見ないなんてそれこそバカだよワハハ」。彼らと友達になった当初、その目的は生活にちょっぴり面白みや温かさを添えたいからだった。

それなのに花見の画像をアップし始めると、まさか一人また一人とだんだん手段が残忍凶悪になってくるなんて思いもしなかった。とりわけ日本にいる日付を入れた写真などは、心が鉄や石でできているんじゃないかと腹が立つ。

毎年この湿疹が出ると、痒《かゆ》くてうっとうしいから、これを根治する方法はたぶん自分の目で一度見に行くことだろう。桜は春にしか開花しないが、日本では一年じゅう存在し、どの季節に行っても、桜が象嵌《ぞうがん》細工のように精神の細部にまではめ込まれているのがわかる。国家や民族、文学、歴史、生活の中にある桜の花はちょっと見た感じではとても軽やかだが、「桜」という名前は反対に重みを帯びている。当然厳粛な態度で臨むはずだと思っていると、意外にも市井ではにぎやかに楽しまれているのを目にする。世界のあちこちに桜はあるけれど、でも日本でだけ、最盛と凋落を抱きしめる民族が、独特のスタイルで桜が咲き誇り散りゆくさまを讃えるのを見ることができる。これは私が謙虚に目と耳で感じ取った文化的景観だ。もし日本の観光局がこの文章のくだりに目をとめ、私がこんなにも情趣を解し人に好かれていることに感動して、花見に招待してくれたなら、このありったけの知恵を絞ったアピールも無駄ではないことになる。私はきっとすべての予定をキャンセルして出かけて行き、一服の緑茶をいれ、ピンク色に染まった桜ご飯の花見弁当と、塩漬けの桜の花をのせた桜餅を一個、いや、二個、三個持って、桜吹雪の舞う少しひんやりした春風の中に座り、控えめに鼻水をすすりながらゆっくりと食べて、毎年お花見ルポをむなしく読んでは漏らしたため息の埋め合わせをすることだろう。

花見はそもそも引き延ばすことのできない期限付きの旅行だ。長々と考えた末にようやく日本に花見に行こうとすると、なぜかいつも縁に見放される。飛行機のチケットが手に入らなかったり、その年の予算が不足していたり、そうでないときは同行者のモチベーションが今一つだったりした。以前は、「天の時、地の利、人の和」が揃うときまで待たされているのだろう、それもいいじゃないかと気にも留めていなかったけれど、思いがけず一年また一年と先延ばしになり、そのうえあろうことか人ごみ恐怖症に罹ってしまった。一昨年のこと、私は母を連れて京都に遊びに行く約束をし、先に彼女に桜か紅葉かを選んでもらって、早めにチケットの予約をしようと考えた。そしてもし彼女が桜を選んだら、親孝行を名目に、もしかしたら私の人ごみに対する忍耐度が少し上がるかもしれないと胸算用をしていた。でもなんと、母は口をへの字に曲げて、桜はとっくに自分の両親を連れて見に行ったことがあるから、もう結構よ、と言ったのだ。少しは見識があると自認していた娘は田舎の老母に思い知らされてしまった、娘が願っていた花見旅行はちっとも珍しいものではないのだと。実際、挫折感はとても大きかった。四月になればまたフェイスブックで桜の下に日付の入った写真を見せつけられ、胸が張り裂ける思いをするのは必至だった。

日本へは何度も行ったことがあるのに、桜を見たことがないと言えば嘘になる。あのとき東京に行ったのはたしか三月半ばだった。新宿御苑の桜はまだ数本咲いているだけで、とても遠慮がちで内気な佇まいをしていたが、すでにお寿司とお茶を買ってあったので、ともかく座って食べることにした。庭園の中は人がまばらで、保育園の先生が子どもたちを連れて芝生の一方の端で野外遊びをやっていた。赤い帽子をかぶった小型人類《ホビット》が手をつないで横一文字に並び、にぎやかな歓声をあげて駆け回っている。私と連れは弁当を食べながら、遠方のまるで日本のドラマのようなシーンを眺めていたが、ときおり顔を上げて、枝分かれしたところの咲きそうでなかなか咲かない桜の花にぼんやり目をやった。連なって咲いているつぼみは、ピンクの柔らかい花びらにとり囲まれ、そのうちのいくつかはほんの少し口を開けていた。注意して見てみると、一本一本赤褐色の花の蕊《しべ》が、かすかに頭を出している。私は心の中でつぶやいた、これって鼻の穴から鼻毛が出てるのに似てない？　ほんとうにそっくり、その含蓄ある揺れかたが。

そのとき見た桜は、日本の花見に対する私の想像を少しも満足させてくれず、せいぜい記憶に残る突発的な一瞥になったにすぎない。台湾に帰ったあとでブログに桜のつぼみと人間の嗅覚器官の共通の特色について書き込みをしたところ、友達の間でかなり大きな反響を呼んだ。

みんなこぞってなかなか独創的な観点だと言ってくれたが、中には感情を害されたと言う者もいた。爹某《デモ》（日本ドラマのヒロインが口ぶりの変化を可憐に伝えるときにいつもこう言う）、私は桜の花の悪口を言う気なんてさらさらなかった。私のようにこれまで桜を心ゆくまで愛でたことがない者が、どうして確かな悪口を口にできるだろう？　私はただ一途な思いが長すぎて、思いっきり近づきになるまで辛抱強く待てなかったに過ぎない。ずっと気にかかっていた相手に、少し気持ちを伝えることができたから、ちょっとだけ慰めになったと言えなくもない。

これが私の愛だ。

ジャン・オー（作家）二〇一六年／白水紀子訳

「あの時」、僕は東京にいた

陳柏青

大地震の時に東京にいたことを「旅行」という二文字で表現するのは罪深いことだし、かなり不道徳だと思う。でも来たことは来たわけだし、部屋に閉じこもって悲しむ一方で、出かけて怪我するのも心配だった。「空気中の放射線量が基準値を超えた」とか、「東京全域が警戒態勢」とか、以前であれば台湾の報道が正確でないことが一番気に入らなかったが、この時だけは正確さが保たれることを切に願った。大地震の時にむやみに外出すべきではないことは誰もが知っている。二〇一一年の三・一一地震発生後数週間内の外国人旅行者の道徳的指針は、「旅行に行って現地の人の迷惑にならないことが、日本に対する一番の援助だ」というネット上の標語に示されている。しかし、旅行者を町の美観を損なう街頭の放置ごみのように考えるのもどうかと思う。本当に弁護してあげたい。もし僕と同じようにあの大地震の時に日本にいたら、あの時は空間自体が災難だった。地域ごとの電力使用制限、電車本数の削減によって、実際に行動できる範囲が狭まった。時間も災難だった。深夜にうっかりニコニコ動画をクリックしたら、ある実況中継を見つけた。カメラは窓にぶら下げたスマホのような小さな機械の画面の数字を映すだけの味気ないものだった。メーターを映して何が面白いのだろう。数秒後にはっと悟った。それは放射線量測定器で、「千葉放射線量測定値」の実況中継だった。画面の下の方の閲覧数を見ると、何千何万にも跳ね上がっている。深夜の東京でどれだけの人が目を閉じずに、跳ね上がり続ける数字を徹夜で見つめているのだろう。ピコピコ、ピコピコと深夜の東京では時間の流れさえ聞こえる。それは放射線量が上下する数値の通知音で、小さな太鼓のように絶え間なく鳴り響いた。大地震の時に東京で一人ホテルにいる。仕事が終わってもまだ帰る番が来ない。一緒に来た仲間は神仏に導かれるように次々と姿を消す。今日の会議室は昨日より空席が増え、明日はどうなることか。その時「旅行」という二文字など絶対に浮かぶはずがない。ひたすら出口を探し、深呼吸できる場所へ行くしかない。それが大地震の時の精神状態だ。缶詰が開けられる一瞬を待つようなものだ。外へ出たい。どうしても外へ出たい。近くをぶらつくだけでもいい。ほんのわずかでもここを離れられれば。それでもこの場所にいたことにはなる。こうして僕の東京逃亡旅行が始まった。

お台場の『猿の惑星』

もし東京でどこかに行かれるとしたら、どこへ行きたいか。絶対にお台場だ。お台場は埋め立てで造成された東京湾内の人工島で、バブル経済と「東京臨海副都心」計画を主導した政治家の落選、凋落によって岸辺の無人島となった。お台場の過去は桃園空港タウンの現在に似ている。

お台場の劇的な変化は一九九〇年代末にフジテレビの本社が新宿区からここへ移転したことに始まる。すなわち鉄骨建築の間に丸い金属球をはめ込んだ例のフジテレビのビルだ。卵がひとつだからまだいいけれど、あれがふたつだったら、下から見上げた時にきっときまり悪いだろう。この頃から、僕らが親しんでいるお台場が、いや、わが九〇年代青春世代が本当に誕生したのだ。トレンディードラマがここで撮影され、『東京ラブストーリー』、『ラブ・ストーリーは突然に』〔主題歌〕、『ラブジェネレーション』、『踊る大捜査線』など、お台場で流された涙、海辺の散歩、遥かに望むレインボーブリッジによって、台湾の七〇年代、八〇年代生まれの東京に対する最初のイメージがつくられ、九〇年代青春世代に芽生えつつあった愛が始まった。

ガイドブックは「ゆりかもめ」に乗ってお台場に行くことをすすめていた。というのも、この路線は高架軌道上のレールを制御しながら走り、デザインの異なるガラス張りのビルが両側から挟むように出現することで、「現在から未来へ向かう感覚が生じる」。駅を出ると、思わず「見晴らしがいいなあ」と声が出たが、実はそこは駐車場だった。駐車場なのにどうしてこう見晴らしがいいのだろう。まっすぐ遠くの空が見え、地平線まで何も遮るものがない。その時、「大きい」と「荒涼」という表現には違いがあることがわかった。大きいとは容積があることで、荒涼とは自分以外この世界に他の生命の痕跡がないことをいう。駐車場はがらんとしていて、恐る恐る足の向くままに歩くと、一番近くのアウトレットに立札があり、かな文字ばかりだったが、「液状化」、「検測」、「閉鎖中」の漢字の意味は推測できた。お台場は人気がなく、ガイドブックの「現在から未来へ向かう感覚が生じる」という説明は嘘ではなかった。

道に車がなく、小さな通りも広く見え、そばの自由の女神像も縮んでしまったようだった。ガイドブックに拠れば、この女神像はフランスから運ばれてきたもので、人気が高いので戻さないことになったとか。ここに残された僕と同じだ。海浜公園内まで足をのばすと、細かな白砂の浜辺からレインボーブリッジが見えた。海浜公園の浜辺は抱きかかえる腕のような円弧形をしている。もとからこういう形だが、この形のおかげで海と陸の立体感が増す。地震発生三日後のこの日は本当にいい天気で、風がそよそよと吹き、九〇年代のトレンディードラマの天気と同じで、白いレースをまとって走ったり恋をするのにぴったりだ。違うのはただひとつ、ここには誰もいない。無人の砂浜、自由の女神像とお台場に一人残された僕が、この瞬間ゴールデントライアングルを形作る。これこそまさに『猿の惑星』に出てくる設定ではないか。映画の中ではだめな男の主人公が乗った宇宙船が降下を迫られ、様々な猿たちに追われる場面が六十分間続き、最後のシーンで主人公は砂の中に傾いた自由の女神像を発見する。それによって、実は自分がとっくに地球へ帰還していることを悟る。けれどももう戻ることはできない。

いまの僕は『猿の惑星』を演じているのだろうか。人っ子一人いない海辺に、僕は長いこと横たわっていた。やがて黒い影が日差しを半分遮った。制服を着た男が歩いてきて、何やら僕に話しかけてくるが、申し訳ない、何を言っているかわからない。頷いて詫びながら一目散に退散した。胸の中で、ほら、僕はやっぱり猿の言葉がわからない『猿の惑星』の主人公だと思った。そう考えてからまたそれは違うと思った。そう、あの僕に話しかけてきた人こそ地上最後の人類で、ここは彼の故郷なのだ。僕は外からやってきた者で、僕こそが映画の中の猿なのだ。

キーキー、キーキー。夕日の中、一人お台場で、僕は耳を掻いて、思う存分猿の鳴きまねをしながら海辺を走った。九〇年代の風と砂浜の散歩、角を曲がれば突然の恋、そしてエピローグへ向かう。

走れ、丸の内を

こうして度胸がついた。欲望は尽きることなく、猿になった後は何でもできる。次の日はもっと遠くへ行こうと考えた。心がうずき、買い物がしたくなった。台湾にいる時にきちんと活動計画を決めておいたが、大地震の後にそれが無理であることはわかった。東京都内は電力使用制限が実施され、すべての商店の営業時間が短縮されている。店の中は昼間なのに夜のようだ。照明を消したり、節電のためにエアコンを停止したりして、室内はうら寂しく、ブランドもくすんで見える。高級店はひと思いに閉店してしまった。何だ、そういうことかと納得がいった。おそらく大災害の時に閉店するブランドこそ本物のブランドなのだ。開店して空気を通している店でも、空気がよどんで、客はほとんどおらず、遮るものがなくて生活の原形がむき出しになっている。美醜や装飾を論じる時ではないのだ。

どこへ行くことができるだろう。大地震後の東京では、遊びたいと思っても遊べるとは限らない。わざわざやって来たのだから、少しは楽しませてくれてよさそうなものなのに。東京の地下鉄は本数を減らすとともに、電力制限に応じて終電の時間を早めている。こうしてあれこれ消していくと、行かれるところがどこにもなくなってしまった。少し考えて思いついた。そうだ、丸の内へ行こう。

東京駅を中心とする丸の内は、周囲が商業地区であるばかりか、皇居へも徒歩で行かれる。東京駅自体は長い歴史の中で絶えず損壊と再建を繰り返して、もう百年近く経つ。一部は「赤レンガ」によって築かれ、ルネッサンス様式の尖塔の風格が台湾総督府を思わせる。ガイドブックの説明に従って地下鉄出口から出て目を上げると、大規模工事現場が正面に見えた。

ちょっと待ってくれ、東京駅は地震で壊れてしまったのか。そばにあった説明を読んでやっとわかった。一九九九年に決まった駅の改修工事だった。駅の周囲が囲われているのはとても残念だが、ものすごく残念とも言えない。大災害の時期に改修中の駅を見物することほど時宜に適っていることはない。どこが完成してどこが崩れているか、一目では見分けがつかない。

駅から先へ進めば皇居だ。どちらかと言えば僕が興味を惹かれたのは「皇居ランナー」、すなわち皇居の周囲をジョギングするランナーだ。役所の統計では、皇居の周囲を走る人数は一日に五千人で、皇居の周囲にはランナーのための店があって、休憩や着替えや洗濯のサービスを提供している。これだけ大人数のランナーに対応して、皇居ランナーには慣習的にランナーの基本ルールができている。例えば、時計回りに走らず、反時計回りでなければならないなど。上空から見たらきっと面白いと思う。丸の内の皇居を中心として、集団が反時計回りに移動するのだから。いったいいつからこうしたブームが始まったのだろう。どうして皇居がランナーの聖地になったのだろう。皇居の周囲を歩きながら、ひょっとして人は自然に中心を必要としているのかもしれないと考えた。何かの意義を求めるのではなく、中心にこそすべての意義があるのだ。ひとつの円の中に生きているのだ。

神よ、ランナーにめぐり合わせたまえ。僕は考えた。時間は動いている。ランナーが一人いさえすれば、東京に日常的な時間が存在することがわかる。

そう考えて、皇居の周りを歩いたが、ランナーの姿は一人も見かけない。視線を下に向けると、今日の終電時間がもうすぐであることに気が付いた。時計は人間より速く走っている。

歩いてホテルに戻りたくはない。そう考えた時にはもうバッグを背負い、背を高く見せようと五センチ下敷きを底上げした靴で走り出した。耳元でヒューヒュー音がして、駅が地平線の彼方に現れた瞬間、突然思い至った。ランナーには一人も会わなかったが、自分自身が会いたかったその人間になっていることを。

あれからずいぶん月日がたった。『朝日新聞』の報道によると、三・一一地震の後、皇居周辺のランナーは地震前の一日五千人余りから八千人へと増加したそうだ。新聞の説明によれば、「地震の後、人々は〝災害が発生した時には体力が一番重要だ〟と意識するようになった。」

体力は重要だ。ラーメンにもニンニクの風味が必要で、辛いのを食べなければだめだ。何度日本へ行っても、僕はやはりどこまでも異邦人にすぎないと思う。でもあの時だけは、大災害の時期に東京で、僕は一生懸命走った。丸の内を走った。まるで東京の心の中にいるように。

チェン・ポーチン（作家）二〇一五年／山口守訳

羊をめぐる冒険

胡慕情

花がとてもきれいだ。

早朝五時、旅館の車で北緯三七・三度の川俣町へ向かう。初夏の花は春の花に負けず劣らず、万紫千紅《色とりどり》、華やかさを競い合いながら、畦道が続く原野や、水がさらさらと流れる渓谷に今を盛りと咲いている。日差しは良好で、早朝のまだ蒸発していない露を明るく照らしている。それらは低く垂れた草の葉先に引っかかって、ひかえめだがきらきらと色とりどりに輝いている。眠気が一気に吹き飛んで、「花がとてもきれいだ」という思いが、頭の中をぐるぐる回って離れない。

川俣町は江戸時代には絹織物でその名を知られていた。第二次世界大戦後に、大豆や煙草葉の栽培に切り替え、近年では養鶏を完全な酪農産業へと発展させた。二〇一一年三月十二日、福島第一原子力発電所の炉心溶融《メルトダウン》により、福島第一原発から二〇キロ圏内の市町村すべてが警戒区域となり、例外を除いて強制退去になった。そのとき、誰もが放射性物質はとてもお利口で、日本政府が決めた二〇キロ圏内にとどまるものと思っていた。しかし実際には、放射性物質は風に乗って飛んで行き、雨や雪とともに降りてきて、こっそり田野と森林を占拠した。五〇キロ圏内の川俣町は、数日の混乱と遅延のあと、ようやく避難地区に指定された。それから二年が経過したが、川俣町はまだひっそりとして人影も見えない。

「ちょっとここで止めてくれ」、カメラマンのPが声をかけた。彼は車を降りると、三脚を持って、広々とした農地の前に固定して撮影を始めた。通訳のTは車のドアを開けるとすぐにマスクをつけ、そのうえ不自然に何回か咳をした。早朝の気温が九度しかないからだろうと思っていると、Tが意外にもこんなことを言った。「このあたりの田んぼで採れる作物は、誰も食べようとしない」

二年前、台湾公共テレビの別のグループが福島から二〇キロ離れた場所を取材したときTはこれに協力したことがあった。原発事故との関連はわからないが、台湾に帰ったあと、鼻血が止まらなかったという。ほかの同僚も、体調不良の症状があらわれた——軽いものでは気道過敏症や下痢、重いのは結石だ。このため私が二〇一二年に福島へ取材に行ったときTは誘いを断った。二〇一三年、再び福島へ行くことになり、今度は二〇キロの警戒区域を突破したいと考えた。Tは躊躇した末に、やはり一緒に出掛けることにしたのだった。

福島に入ると、原発事故直後に設定された二〇キロ圏内の警戒区域はすでに存在しなかった。日本政府は毎年約五千億円を投じて除染を行ない、放射線量を年間一ミリシーベルトの基準に制御しようとした。除染後は続々と警戒区域を解除し、住民に家に戻るように奨励した。二〇一三年当時、たとえば十数キロのところにある南相馬市小高区は、「避難指示解除準備区域」と呼ばれていた——昼間は家に戻って片づけてよかったが、夜暗くなると直ちにそこを離れ、住むことはできなかった。

避難指示区域はどのように区分されたのだろうか？　放射線測定器で実地測定してみると、数字が示す結果には戸惑いをおぼえさせられる。川俣町の放射線量は毎時〇・九マイクロシーベルトである。しかし福島第一原発から五キロ離れたところの放射線量は、毎時たったの〇・二マイクロシーベルトである。福島第一原発から五キロ離れたところの放射線量は五〇キロ離れたところより高くないのに、五キロのところはまだ避難指示区域のままなのだ。しかし二〇一三年六月一日と二日に、放射線量が毎時〇・三五マイクロシーベルトの福島市で、東北六市のお祭りが一堂に集結した「東北六魂祭《ろっこんさい》」が開催され、震災からの復興をうたった。日本各地の大小の駅にパンフなどを置いて、美しい花見山へと観光客を呼び込んだ。花見山は春の季節は山桜が山いっぱいに咲き乱れるが、二〇一三年四月、放射線量は相変わらず毎時一・一マイクロシーベルトの高い値を示していた……。

避難指示解除準備区域は、あいまい糢糊としている。だが混沌という言葉で形容されるのはこれだけではない。

南相馬市にある酪農家の杉和昌の牧場は福島第一原発から二一キロ離れていて、この場所は「特定避難勧奨地点」と呼ばれている。杉和昌は原発事故発生当時、妻子を連れて新潟に避難し、三日後に農舎に戻ったが、一部の乳牛が長時間搾乳をしなかったために、もはや乳が出なくなっているのを知った。杉和昌は胸の痛みをこらえて銃を手にし、園子温監督の映画『希望の国』の主人公小野泰彦のように、ほぼ半数近くの乳牛を銃殺した。生計の糧であった乳牛を殺したあと、杉和昌は突然、二度と逃げ隠れはしないと決意する。「しかたない、私は一生牛を飼うことしかできない」。彼は年間放射線量がまだ二ミリシーベルトを超える「特定避難勧奨地点」に一人で戻り、隣家の残された牛も代わりに飼い始めた。子どもと妻を新潟に残したまま、一年にせいぜい一度会うだけになった。

「さびしい」。私は思わず言った。

「さびしい」。杉和昌が笑い声をあげ、やるせなさと冷静さをないまぜにして、優しく乳牛を撫でると、牛は親し気に彼の手をなめた。杉和昌とこれらの牛はまだ幸運なほうなのか？　少なくとも彼らはカメラマン太田康介が撮った動物たちのように、決定的な別れをしなくて済んだのだから。

杉和昌への取材が終わると、次は稲作農家の三浦広志に随行して原発事故前に彼が住んでいた浪江町へ向かった。ここは黒い大波に呑み込まれた地域で、今はもう津波はおさまり、被災現場も整理されているが、時間は相変わらず追い払われたままだ。

いや、この言いかたは正確ではない。こう言うべきだろう――人間の時間だけが抜き取られたのだと。津波による水は年ごとにゆっくりと引いて行き、野草がアスファルトの道路の裂け目で成長し、フジツボが金属の車体によじ登り、河川は元の川幅に戻っている……しかしここには人がいない。

人がいない。

もし道端に、誰かが死者を弔って作った墓がなかったなら、もしなかったなら、私はきっと、ここは災難の情景を精魂込めて再現した撮影現場に過ぎないと思っただろう。

「あなたはよく戻って来るのですか？」私は三浦広志に訊いた。

「いえ、必要がなければ、戻って来ません」

三浦広志は三ヘクタールの広さの農地を所有し、農協に加入して、米を作り、野菜を育て、鶏を飼っていた。原発事故の前にはちょうど有機農業を試験的に始めようとしていたところで、震災後、すべてが無に帰した。だが驚いたことに、三浦広志は農業をあきらめておらず、浪江町を離れて、南相馬に移り住むと、土地を借りて、再び耕し始めた。一年目、彼は試験的に藁の茎を使って放射線を吸収させてみた。二年目に確かに有効だと実証されたので、ほかの稲作農家もようやく徐々に戻って来るようになった。ただし、野菜に比べて、米は相対的に放射線を吸収しやすいため、今でもまだ福島の米の販売量は相変わらず芳しくない。

それなのに、私たちに同行してくれた毎分毎秒、三浦広志はずっとにこやかに笑っていた。彼の笑顔は少しも無理がなく、さわやかで毅然としている。

「あなたは原発事故ですべてがゼロになり、家族と別れる痛みを経験しました。作物を植えるために、さらに米の放射線吸収を減らす方法を見つけ出さねばならず、自分で米を測定して、何とか販路を取り戻そうとしていますが、販売は相変わらずうまくいっていません。それなのになぜまだ続けようとするのですか？」

「原発事故のあと、あるフランスの財団が私にほかの場所に行って米作りをするための協力を申し出てくれたのですが、断りました」。三浦広志は強く言った、「もし福島の農民全員が、私とおなじように一区画の土地を得て再び始めることができるのなら、もちろんみんなと一緒にそこへ行きたいですよ。でもこれは不可能なことです。福島県全体で人口は約一九〇万、その多くが農業をやっています。もしこれらの農民が再び農業を始めることができないなら、正常な社会とは言えません。一つの社会に農業がないのは、絶対に正常な社会ではないのです」

遠方を望むと、福島第一原子力発電所の煙突が今もなおそびえたっていた。花はもう咲かないと思っていた。でも実際には濃い紫色の菖蒲の花が荒涼とした畦道にまっすぐ凜々しく咲いている。

その日から、いつもPete Seegerの'Where have all the flowers gone'を口ずさんでいる。時間は停滞しているのか、それとも回転しているのか?

一時停止《ブレークポイント》したあとで、私たちはどこに全力を注ぐ選択をするのだろう?

◆

福島から東京に戻り、取材を終えると、しばらく旅に出た。最初の駅は北鎌倉で、そこから円覚寺に向かった。

お昼近くに出発して、円覚寺に着いたとき、空はどんよりと曇っていた。寺に入って、右側の石段に沿ってしばらく山道を歩くと、国宝の洪鐘《おおがね》のところに着いた。大勢の人が東屋《あずまや》に腰を下ろしてお茶を飲み、鎌倉の町なみを見下ろしている。洪鐘は後方にあり、木の柵で囲まれ、近づいたり鐘を撞《つ》いたりするのは禁止されている。鐘には漢字で「風調雨順、国泰民安」と刻まれていた。古鐘を眺めていると、ふっと笑みが浮かび、長居はせずに、もと来た道を下りた。私は墓地に行きたくなった。

洪鐘のかたわらにある墓地は地形に合わせて作られていて、墓石の多くは花崗岩だ。墓碑には名前、諡号《しごう》が刻まれ、中にはさらに墓誌のように、夢、福、平安などの文字に金箔を貼ったり墨入れをしたりしているものもある。私が探していたのは映画監督の小津安二郎の墓だった。小津の墓は地味で控えめなので、ゆっくり隅々まで見ないと見つからないだろう。探しあてたとき、突然雲が途切れてお日様が顔を出した。誰一人いない墓地で、小津の墓の前で、じっとり汗をにじませながら姿勢を正して座った。蝶がひらひらと飛んで行き、バックパックの上を毛虫が這っている。これが穏やかで平和な一日なのだと思った。微笑んで、彼に感謝して、立ったり座ったりしながら墓石に彫られた「無」の字をしげしげと眺めていると、数日前の取材の衝撃がどっとこみあげてきて、思わず涙がこぼれた。

小津の映画の中に描かれる人情が凝縮した町屋の風景は、戦後の集団が拠り所とした力を象徴し、それは日本の復興を先導した重要な鍵だった。しかし小津の視線はここだけではなく、彼のカメラはさらに猛スピードで現代化したあとの人間関係の崩壊と疎遠にも向けられていた。二つの引っ張り合う問いかけは、数十年後の今日まで続いている。原発事故発生後、その引っ張り合いにさらにゆがみが生じた。

二〇一二年七月、活断層をめぐってなおも議論が続いていた大飯原子力発電所を日本政府が強制的に再稼働させたことに抗議して、東京で反原発の大規模デモが行なわれ、十万人を超える人々が国会を取り囲んだ。警察側は封鎖線を引いてデモの群衆を封じ込めた。当時私は人の波に押されて衝突の最前線まで移動し、警察の冷たい目と対峙した。押し合いとシュプレヒコールは、最初は穏やかだったが、警察の圧制につれて、力がますます大きくなっていった。衝突が起きる予感がして、群衆の中にいる私は興奮を覚えた。興奮したのは決してメディア関係者が血を好むからではない。それは、原発事故発生以来、ノーベル文学賞受賞者の大江健三郎氏が呼びかけ人の一人となっている反原発デモの参加者が未曾有の数に達しているにもかかわらず、日本政府が相変わらず責任逃れをして冷淡だったからだ。

ちょうどこのとき、警察側が警備車両をデモの群衆に向けて走らせたので、車が群衆の中に突入しようとしているのかと驚いた。しかし一秒後、警備車両は主催者がこう呼びかけるのに合わせて停止した。「皆さん冷静に！　まもなく集会が禁止されている時間になります。冷静になりましょう！」八時。国会前でこれ以上集会はできない。時計の針が張り詰めた空気を突き破って爆発を引き起こすことはなかった。群衆は散会した。安堵すると同時に、喪失感を隠しきれず、ひどく重苦しい気分になった。

重苦しい気分は、今回福島の被災者が東京電力を告訴したのを取材したときに再びこみ上げてきた。二〇一三年四月、福島第一原子力発電所の停電や汚染水漏れなどのニュースが相変わらず伝えられていたのに、東電側はこれに対して通り一遍の説明で済ませていた。五月、遠く避難先の各県市から抗議にやって来た被災者たち約千人は、被災後の震撼および時間とデマの苦しみに遭ったあとも、依然として静かに秩序を守っていた。指揮をとっている人が抗議者たちにきちんと並んで立っているよう呼び掛けていたが、東電側が遅々として姿を見せないために、抗議に来た人たちはそのままひたすら待たされ続けた。東電は駅の近くに位置しており、通りは行き来する人で賑わっていたが、誰も見向きもしなかった。一瞬めまいと困惑に襲われ、この画面もまた映画撮影のセットに過ぎないのだと思った。

無事。

円覚寺で何度も目にした文字だ。しかし違う意味がある。

村上春樹『羊をめぐる冒険』の一節を思い出した。

「その時に時計のねじを巻いたんだね？」

鼠は笑った。「まったく不思議なもんさ。だって三十年にわたる人生の最後の最後にやったことが時計のねじを巻くことなんだぜ。死んでいく人間が何故時計のねじなんて巻くんだろうね。おかしなもんだよ」[*1]

チクタク、チクタク。死人がねじを巻いた時計がチクタク、チクタク。

◆

チクタクという音が累積して時間の川になる。円覚寺を離れて、関西に向かった。新大阪駅で下車してホテルでチェックインを済ませると、すぐに駅に引き返し、ＪＲで約十五分のところにある芦屋に向かった。芦屋は一般の旅行者が行く場所ではないが、この場所を選んだのは、その前に村上春樹の「神戸まで歩く」を読んだからだ。芦屋は村上の故郷である。一九九五年阪神大震災のあと、村上は引っ越した。二年後、彼は一人で芦屋に戻り、歩いた。このすでに失われた故郷で、確認したかったのだ、自分の目の中にあらわれるものがどんな姿をしているのか？　そこで「僕はいったいどのような自分自身の影を（あるいは影の影を）見出すことになるのだろう？」[*2]と。

村上の歩みに従って、秩序だった店舗、オフィス、民家の前を通り過ぎた。芦屋の雰囲気にはひかえめな上品さがある。伝統的な名門の気風は明治維新までさかのぼり、その歴史は長い。しかし平和で静かな風景の中に、常に暴力の余韻がこだましていた——

江戸時代、豊臣秀吉は大阪城を築城すると、続けて治水や水田開発を行ない、運河を開いた。そして諸侯を監視する政治手段としても運河を利用し、各地の米や特産品を必ず大阪を経由して運ぶよう命じたため、大阪はこれにより「日本の台所」と呼ばれるようになった。福島が被災する前、三浦広志の米はまず大阪へ送らねばならず、原発事故後も、彼は大阪をあらためて足掛かりにしようと考えていた。

取り換えのきかない地理的位置がもたらす経済基礎は、文化資本を累積させることで大阪を商人の町にした。一八六八年に首都が京都から東京に移り、古都千年に終止符が打たれたにもかかわらず、大阪と神戸の重要性は決して地に落ちることはなかった。十九世紀、日本は鎖国を終わらせ、明治維新が始まると、日本の六大財閥のうち三井と三菱は、引き続き生産資源の石炭を手中におさめ、金融と商業資本も掌握した。大阪港は石油化学の町につくり変えられ、その周辺で紡績業が英国を抑え込むほどの急速な発展を遂げると、「水の都」は徐々に「煙の都」になった。

一九一四年、阪神、阪急の二社は、『郊外生活』などの雑誌を発行して、ホワイトカラークラスに郊外に住む利点を宣伝した。雑誌の中で医者は、「もし長生きしたければ、いますぐ市の中心を離れて、阪神間の『健康地』に引っ越して住むべきだ」と声を大にして言った。一九二〇年、阪急電鉄の神戸線が開通し、芦屋は新興住宅地となり、こうして阪神一帯はいわゆる「モダニズム」を発展させた。

速く、速く。鉄道の上を電車が猛スピードで行き来し、表層の都市改造は、精密な資源配分に基づいて行なわれた。鉄道を通して、資本は工業化に必要なエネルギーを取り寄せた。たとえば福島県磐城がまさにその石炭の町であった。西洋化の特徴の一つは、衛星都市に進貢の運命を反転できないようにして、資源を掌握している者の地位を強固にすることだ。財閥が発展の動向を主導し、地理的環境がさらなる発展の可能性を制限するとき、軍国主義と資本主義の進撃は避けられない勢いとなった。第二次世界大戦が勃発し、殺し合いが絶え間なく続いた。それはアメリカが一九四五年、広島上空から原子爆弾を投下し、火山の噴煙のような巨大な雲が、すべての生物に沈黙を強いるまで続いた。

第二次世界大戦で、芦屋も爆撃に遭い、四割を超える住宅がたちまち無に帰した。しかし一九五一年、日本政府は直ちに「芦屋国際文化住宅都市建設法」を公布して再建を行なった。一九九五年、阪神大震災によって芦屋はすんでのところで一面の廃墟になるところだったが、日本政府は再度十年をかけて、東京の田園調布に比べうるほどの街並みを再現した。これは、同じく地震が多い島民の身には、すっかり慣れっこになっているやり方と光景であるが、福島の震災後、私はもはや「再建」を幸福や平穏とイコールで結ぶことができなくなってしまった。再建の切なる思いはその実、物質の崩壊に対する人間の恐怖が含まれる――なぜなら物質の存在は、裸の弱い私たちを助けて自然に呑み込まれないようにするためにあり、崩壊を修復できることは、再生と存続の可能性の象徴でもあるからだ。しかし修復が物質だけに限られて、意識の転換を伴わないならば、あらゆる「新」はどうしても「旧」の繰り返しになってしまう。

戦後六十六年、原子力エネルギーの残酷さは別の形で再び姿をあらわした。科学技術は一部の放射線を遮断して、人が前駆期〔被ばく後四十八時間以内〕に高濃度の放射線によって「直接死」しないようにした。しかし日本の社会運動家で評論家の武藤一羊はまだ福島を「生ける廃墟」と呼ぶ。武藤一羊は私のインタビューでこう語った。「廃墟とは死んだ場所だが、しかしあの場所には生きる意思もある。これは矛盾した状態だ。だがもし歴史から定義するなら、福島は確実に死んでいる」

歴史。時間の連結。誤りの反復を映し出している。

福島は被災後、すべての原子力発電所の稼働を停止し、ストレステストを行なった。日本は節電を通して一つまた一つと猛暑を乗り越えた。しかし関西電力は日本政府の支持のもとで、電力不足を理由に、大飯原子力発電所の再稼働を強力に推し進めた。大飯原子力発電所の再稼働後、関西電力は一五％の電力節電をやめた。原子力資料情報室主任の伴英幸はずばりこう言う。「発電所の再稼働は、完全に電力会社の利益のためですよ！」

広島に落ちた原子爆弾は、日本が東亜を侵略して築いたすべてを壊滅させ、冷戦構造が構築された。戦略の構図を維持するために、アメリカは日本をソ連と中国をけん制する戦略的駒とみなし、太平洋諸島で次々に核実験を行なった。この一連の核実験によって多くの日本人が被ばくし、原子力エネルギー反対の署名を三千万あまり集めたことがあった。アメリカは反米の気運が引き続き高まるのを憂慮して、「原子力発電は天使だ」という宣伝を始め、原子力エネルギーの平和利用を推進した。自民党はつねづね戦前のいわゆる大東亜共栄圏構想の復活を望んでいたので、アメリカの原子力発電の技術を吸収し、戦争の基礎を構築することが政治家の優先的課題になった。自民党と三井などの財閥は「支配者集団」を組織し、戦後石油危機が勃発して経済回復のためにエネルギーが緊急を要した際、電力供給と安全保障を名目に、一九五〇年代半ばに原子力エネルギーを日本に導入した。

まさに戦争の遺伝子が、原子力発電を永遠に安全ではありえない産物にした――「世界中のどの国家であろうと、政治条件が十分整いさえすれば、いつでも核爆弾に転換できる。原子力発電所を有している国家はまさにこんなことを考えているのだ。核を保有すれば、放射能漏れ、核廃棄物などの問題が出てくるが、これらは軍事構造のもとでは、まったく考慮されない。軍事産業の下で環境保護の概念が存在するはずがないのだから」と武藤一羊は言った。

その日の午後、芦屋川沿いに河口まで歩いて大阪湾に出た。河口付近の色あいは薄暗く苦渋に満ち、玉砂利には船舶の油がびっしり付着していて、あたりにほとんど人家はない。地震当時大阪から逃げ去った金持ちの商人たちは、たえず発展を続ける歴程において、相変わらず荒廃を免れるすべのない自然があることを知っているだろうか？　知っているかもしれないし、知らないふりをしているのかもしれない。高くそびえる防波堤は裕福な人を守り、防波堤と汚染された港湾によって挟み撃ちされた海辺にいる、高齢で、貧しい、黙々と牡蠣の殻をむいている人たちを隔離している。

階段を上がった。道のかたわらは高級住宅街だ。突然、牡蠣の殻むきをしている一人の太った女の人が人目もはばからずに花柄のズボンを下げて小便をするのが見えた。私はびっくりしたが、それはほんの一瞬のことだった。なぜなら途中で芦屋図書館に立ち寄ったときに、壁面に掛かっている芦屋の発展史を見たのを思い出したからだ――

一九九五年、阪神淡路大震災。

そして福島の原発事故も、地震が災いを引き起こした主因だった。

その瞬間、牡蠣の殻むきをしている女の人の服の花が、まるで福島で見た花のように、満開になった。

フゥ・ムゥチン（ノンフィクション作家・記者）二〇一三年／白水紀子訳

＊1　村上春樹「12　時計のねじをまく鼠」『羊をめぐる冒険　Ⅲ』（講談社）
＊2　村上春樹「神戸まで歩く」『辺境・近境』（新潮社）

仙台の思い出

盛浩偉

芋煮

二〇一〇年初秋、初めて仙台を訪れ、駅近くのホテルに投宿した。荷物を置いて、一人街へ出てぶらぶらしながら夕飯の場所を探しているうちに、課題がまだ十分にできていないことに気がつき、またすべてに不慣れで心配なので、あまり遠くへ行かず、同じ道を何度も行ったり来たりした。最後に、コンビニで適当におにぎりと飲み物を買ってホテルへ戻り、テレビを見て、早めに寝た。

これが交換留学生活の始まりだった。

翌日、学校の事務員に付き添われて手続きを行ない、学生寮に入寮した。数日後、学期が始まり、東北大学国文学研究室で勉強を始めると、自分が本当に交換留学生となったことを実感した。

だが、交換留学生の定義に関しては人によって大きな違いがある。僕はごく少数の「自虐的」タイプだった。なぜか一般の日本人学生より多くの単位を履修してしまい、学期初めがとにかく忙しく、一週間のうちに空いている日がなかった。週末も授業についていくために資料を読んだりレポートを書いたりしなければならなかった。こうして講義用の書籍の山に埋もれていると、人付き合いする気が失せて、しだいに集団から離れるようになった。残るのは不慣れな異国の文字の齟齬で、異なる言語間には境界線を越えたり、簡略化したりすることが難しい溝があることが気になって、結局は一人ぼっちだった。同じ大学の修士課程で学ぶ女性の先輩から「交換留学生なのに、どうして私より苦労するの？」と聞かれたりもした。

十月中旬の芋煮会は途中休憩となった。

芋煮会とは、主に日本の東北地方で行なわれる紅葉の季節の前の秋の風物詩だ。河川敷に集まって火を焚き、文字通り芋を鍋で煮るのだ。それも薄紫色で香りがあって軟らかな台湾の芋ではなく里芋だ。小ぶりで色が白く、煮ると熱々で、一番の特徴は芋に粘り気があり、噛むとねっとりして食べ応えがあることで忘れがたい。煮汁は地域ごとに違って、山形県では薄い醤油味で豚肉を煮る。宮城県ではたいてい仙台味噌を入れる。

芋煮会の数日前、研究室から誘いのメールを受け取ったが、予期していなかったし、知らない行事なので少しためらったが、結局出席の返事を出した。

断らなくてよかった。当日の昼前、研究室の日本人学生に案内されて広瀬川べりへやって来た。空は久しぶりに晴れ渡って、河川敷の小石の上に敷物が敷かれ、様々な人々が集まって、立ったり座ったりしている。賑やかな中にも静けさがあり、川の流れは広々として澄みきっている。水面に波紋が広がり、両岸の木々が揺れている。炊事の煙がゆらゆらとたなびき、烏が綱の上に止まっている。

気温が涼しくなってきたが、厚着をしていると汗ばむほどだ。僕は橋の上に立って見渡し、ふとかられてカメラを取り出して風景を収めた。

一陣の風が吹き抜け、少し肌寒さを感じた。でも元気いっぱいの人たちと楽しく遊び、おしゃべりして、互いに視線を交わし、安心して肌触れ合う機会が久しくなかったので、心の中に温もりが湧き上がってきた。

楓の峡谷

寒くなってきた十一月、研究室の先輩が窓の外を見ながら、「葉が赤くならないうちに散らないといいけどなあ」とため息をついた。僕も一緒になって赤く燃えるようなその紅葉をじっと見つめた。ふと興味が湧いて、中旬に連休があるので紅葉を見に出かけようと思いついた。

仙台周辺で紅葉を鑑賞できる場所は多い。鳴子峡《なるこきょう》が一番有名で、他の交換留学生がちょうど遊びに行く計画を練っていて、熱心に誘われた。しかし僕は芋煮会の時にある学生が隣の岩手県へ遊びにいった経験を話したのをひそかに覚えていた。そこは「猊鼻渓《げいびけい》」であった。珍しい名前で発音も難しく、最初聞いた時はまったく意味がわからなかった。その後、情報を検索してみて強く興味を惹かれた。そこで誘いを婉曲に断って一人旅に出ることにした。

そこは交通が便利とは言えず、何度か乗り換えることになった。目的の駅は無人駅で、もし電車に乗り間違えたら帰れなくなる恐れがあった。電車から降りたとたんにがっかりした。ごく普通の田舎の風景で、名勝の雰囲気など何もなかった。ためらいがちに標識を頼りに進み、十数分歩くと、ついにぱっと前が開けた。

渓流が大地を切り裂いて谷を形成し、両岸に岩壁が切り立ち、崖の端には木がうっそうと茂っている。錦を連ねたように葉が黄や赤に華麗に染まり、間に緑も見え、この季節の最高に美しい紅葉の風景であった。下の方に日本で唯一の手漕ぎの観光船がある。旅行客が座ると、漁師が長竿を突いて船をあちらこちらへと動かし、ゆっくりと川面を漂いながら上流へ向かう。船の終点は特殊な形状の岩が岩壁から突き出て、橙色が鮮やかで獅子の鼻を思わせる。渓谷の名前はここから来ている。

だが、岩は珍しいことは珍しいが、途中の渓谷の華麗さに比べればかなり見劣りする。

渓谷を船で進む時、自然の音がかすかに聞こえるが、静謐な感じはずっと続く。太陽が斜めに傾くと、岩壁の日の当たるところとそうでないところの明暗がはっきりする。川の流れは曲がりくねって続き、水は底が見えるほど澄んでいる。魚が船の回りを泳ぎ、野鴨が船の後を追って一緒に波紋を幾筋も残すので、進むにつれて渓谷の水面に映る紅葉が切れ切れになり、それに混じって透明な光の点がキラキラ輝き、まるでガラスの粉のようにおぼろげな美しさと幽玄な艶やかさに満ちる。初めてこうした情景を目にしたのに、よく知っている気もする。

ちょうどそれを考えている時に、向かいから別の船が来た。出会った二人の船頭は互いに船歌をうたい出した。歌声は悠揚として迫らず、互いに和して、霧のように広がって渓谷にこだました。

そうだ、この感覚は前に沈従文〔中国の作家、一九〇二—八八〕の小説『辺城』を読んだ時に感じたのではないだろうか。

いや、そうではない。ここの風景は湖南省西部よりもっと鮮やかで精緻で華麗だろう。それに、一言で言い尽くせないこの美景に、苦悶の愛や無常を望んでも無理だろう。

だが、僕は急に物悲しくなった。

いや、そうではない。ここには心からの感動がありながら、訴えるべき人がそばにいない孤独な人間がいる。

光のトンネル

十二月に入った。学生寮の近くの大通りの両側の銀杏は、もう黄金のような黄色になって地面に落ちている。少し遠くの幹線道路「定禅寺通《じょうぜんじどおり》」は両側に高い欅の木が並び、春と夏は茂って日差しを遮り、深々と木陰ができるが、いまは寒々とした枝が上を覆い、鉛色の空が枝によって一片ごとに区切られている。町は物寂しさが募り、通行人は目立たぬ濃い色の服をまとい、それぞれ襟を合わせて足早に通り過ぎながら、口から白い息を吐く。

浮草でも根を下ろすように、たとえ異国であっても日々慣れてくる。だが、慣れは無感覚に通じる。来たばかりの頃の物珍しさがしだいに減り、取って変わるのは凡庸な日常だ。同じことの繰り返しで、語るべき言葉がなくなるほど平淡になる。たぶんそのためだろう。昔の人は機会があれば祭りなどの活動を行なって、わざと財力、物力、体力を使うことで薄っぺらな生活に弾力性を持たせてきた。

だから「SENDAI光のページェント」があるのだ。これは冬に入ってから、定禅寺通両側の並木の葉が落ちるのを利用して、六十万個近い明かりを木に結びつけるイベントだ。夜が訪れると電気が流れ、瞬時に盛大な光が輝く。どこか未知の地へ繋がるような光のトンネルを木々が形造り、梢には銀河の星が落ちてきたような魅惑の輝きと温もりがともる。

その日の昼過ぎ、街へ散歩に出かけてぶらぶらしているうちに空が暗くなり、心は寂しく腹も空いてきた。晩飯を食べた後、寮へ帰る途中にここを通りかかって、その美しさに言葉も出なかった。光のトンネルに入って、他の人と反対方向に歩いたので、大勢の人と正面から向き合う格好になった。その時思い浮かんだのは、『千と千尋の神隠し』の冒頭でトンネルを抜けて奇妙な幻想世界に入る時の気持ち、あるいは川端康成『雪国』の「国境の長いトンネルを抜けると雪国であった」時の「あと数十歩でぱっと開ける」情景だった。ただここでは逆だ。トンネルを抜けると前方に待っているのは、日常と極寒の冬と果てしない暗闇だけだ。逆にトンネルの中にこそ最高の美がある。僕はその中に留まって、しばらく何度も行ったり来たりした。人の波が次々とすれ違って通り過ぎ、両側の道路ではヘッドライトが明滅して、車がひっきりなしに走り去る。

白い雪

交換留学の最初の学期の終わりには、朝から晩まで一日中図書館に籠って期末レポート作成に勤しんだ。一月中旬に講義が終わると、その後、十数日間こうした生活を続けた。朝八時に起きて、急いで大学図書館へ行って場所取りをして、一日中座ってパソコン画面を見つめ、長い時間一生懸命考えても何も良い考えが浮かばず、手元の本をめくっても読む気が起こらない。

立ち上がって図書館の休憩場所の販売機でパンやコーヒーを買って元気をつけ、ついでに三度の食事を解決する。寮に戻っても暇ではない。引き続き考え、本を読み、零下の厳寒をものともせず脳みそを搾るが、体もすっからかんになる。

その時は疲労や苦労を感じず、味気ないとも思わなかったが、故郷が恋しくてたまらず、一刻も早く期末レポートを完成させて台湾へ帰りたかった。その時期に疲労や苦労を感じず、味気ないとも思わなかったのは、台湾へ戻ったら一か月のんびりと休めると思ったからだ。ふと当時を思い出して数えてみると、何とその期間中に七、八篇のレポートを頑張って仕上げ、五万字以上の日本語を書いたことになる。

本当に苦労の日々だった。

だが、いまとなっては悲しいことに、あのような苦労の日々を送ることすら二度とできなくなってしまった。

二〇一一年三月十一日、日本の東北地方で巨大地震が発生して、宮城県がまず災害を被った。その時、僕は幸いにも台湾にいて難を逃れ、地震の後に日本にいる友人の安否を確認した。混乱が続いて事態も不明なので、何度か考え、また話し合って、最終的に交換留学生の資格を途中で放棄することにした。

これほどあっけなくすべてが終わってしまうとは思わなかった。その後の月日にも余震が続き、ぼうっとして訳のわからないままに日々が過ぎ、あっという間に一年が過ぎた。

一年前、僕は仙台で最後の一枚の写真を撮った。日付は一月三十一日だった。

この日は雪が降った。粉雪だった。吹雪だった。道に白煙のような雪が立ち込め、氷が張った。僕はいつものように図書館で夜更けまで過ごし、苦労して歩きながら寮へ戻って、引き続きレポート作成に奮闘した。明け方ついに一段落して、立ち上がって背伸びをして、ふとテラス窓に目をやると、地面に雪が積もっていた。

突風が収まり、雪片が緩やかに舞い、街灯が水晶のような光を放ち、木の影が長く伸びていた。部屋の明かりは消え、みな眠りについて、限りなく静謐な時間だった。

いまでも覚えている。何と、何と美しい風景だろうと思ったことを。

でもいまとなっては、心に感じるものは大いに異なる。ただひたすら思うのは、一面白銀の大地が本当に純白だったことだ。


ションハオウェイ（作家）二〇一七年／山口守訳

熊本城とは

朱和之

最近熊本で二回地震が発生して、被災者の安否が心配されるところであるが、同時に熊本城の損壊状況も気になる。ニュース画面では熊本城の大小天守が主に報道されているが、実際にはこの二つの天守は明治十年（一八七七年）西南戦争の時に焼失して、現在の天守は一九六〇年に再建された鉄筋コンクリートの建築で、最上階には目を疑うようなガラス窓さえある。本当の古跡は隣にある「宇土櫓《うどやぐら》」の小天守である。

この古城は台湾の歴史と間接的な関係を持っていて、鑑賞する価値がある。

熊本城を建設した加藤清正は豊臣秀吉配下の武将で、秀吉の日本平定に協力した上に、二度にわたる朝鮮侵略で先鋒を担った。一番遠くは鴨緑江《おうりょくこう》流域の咸鏡道《かんきょうどう》まで兵を進め、蔚山では城を十数日死守して、七年に及ぶ戦役の中で最も激烈な戦役となった。清正は日本軍への功績が大きく、日本軍国主義の原型を成す人物として韓国人から最も嫌われている。

加藤清正は築城の名手で、日本の重要な古城のいくつかにその関与の痕跡がある。晩年には蔚山での包囲体験から熊本城を設計して、日本で一、二を争う巨大な要塞を築き上げた。城の周囲は九キロ、総面積は九十八万平方メートル、中正紀念堂四個分に相当する。清朝時代の台北城内の面積は約百四十万平方メートルだが、城内に市街地や寺廟があり、一方熊本城は純粋な政治的中心であり軍事要塞である。本丸には天守が三つ、城全体で櫓が四十九、櫓門《やぐらもん》（物見櫓を備えた城門）が十八、城門が二十九あり、さらに包囲された時の用意として井戸が百あまり掘られている。

城郭は茶臼山《ちゃうすやま》の地形を巧みに利用していて、曲がりくねって急斜面があり、重なり合っている。一番特色があるのは幅広く長大な石垣で、半弧形に外へ広がり、勇壮さと流美さを備えている。「扇勾配《おうぎこうばい》」と呼ばれるこの設計は作戦上の実効性がある。梯子《はしご》を立てにくく、視覚的にもよじ登るには大きな心理的圧迫感がある。大まかな統計によれば、本丸の石垣だけでも十五万個の石が用いられている。竹之丸南側の長い石垣は二百五十三メートルあり、日本の城郭の中で最長である。

熊本城は難攻不落だが、完成した後、二百年あまり太平の世が続いた江戸時代には兵乱がなく、一八七七年の西南戦争になって初めてその要塞としての機能を発揮し、西郷隆盛率いる戦にたけた薩摩軍の攻撃を阻み、再び天下に名を挙げたのである。

明治維新によって武士が廃絶されて士族へと変わり、徴兵制が制定されて天皇に直属する軍隊となった。断髪廃刀及び階級平等の一連の政策によって、旧武士が依拠していた精神的価値観と経済的基盤は完全に崩壊してしまった。高貴な身分と特権を失い、もはや一定の俸禄はなく、困窮生活に陥った。多くの士族の失意は重大な社会問題となった。士族は生計に迫られ、また旧時代との関係を断ち切ることもできず、集団的な反抗心が生まれることとなった。

この時期に、海外討伐を行なえば士族の尊厳や自信を回復すると同時に失業問題を解決でき、その上、国内各藩の団結を図ることができるとの論調が現れた。その中に薩摩(鹿児島)出身で維新の元勲たる西郷隆盛の主張する「征韓論」があったが、内閣会議で否決され、西郷が下野したことで士族の不満感情が高まった。

国内問題を対外問題へ転化するのは政治家の万能薬で、維新政府は士族をなだめるために一八七四年に牡丹社《ぼたんしゃ》事件を引き起こし、隆盛の弟である西郷従道を総司令に任じて、若干の失業士族を含む三千六百名の兵隊を台湾へ侵攻させた。最後に外交上の勝利を勝ち得たが、海外領土拡張は成功せず、また日本軍は風土の違いから病死する者が大勢出て、これによって士族問題を解決するには至らなかった。

一八七七年一月、薩摩士族はついに積年の不満を抑えきれず、西郷隆盛統帥の下、「政府に質問するために上京する」、「君側《くんそく》の奸《かん》を除く」との理由から政府軍の制服を着て北へ向かって出兵した。

最初にぶつかった関門が、陸軍熊本鎮台が置かれていた熊本城だった。征韓論の先輩たる加藤清正が築城したこの天下の名城は、西南戦争における唯一の最重要戦役舞台だが、征韓論者西郷隆盛と滅びゆく武士たちが歴史上の訣別を演じるのを阻んだ。

当初薩摩軍は気勢盛大だったが、結局のところ急遽集結した部隊なので、政府軍の実力を侮っていた。四千名の政府軍は熊本城に立て籠もって一万四千名の薩摩軍に抵抗し、応援の大軍が到着するまで五十四日間死守して、城北郊外の田原坂で薩摩軍に致命的な打撃を与えた。注目に値するのは、熊本城包囲戦の中で政府軍に何名か優れた将領が現れたことで、その中に参謀長の樺山資紀中佐と参謀の児玉源太郎少佐がいた。このほか、援軍の中に小倉の第十四連隊長の乃木希典少佐と名古屋鎮台歩兵第六連隊長の佐久間左馬太中佐もいて、薩摩軍と激戦を交えた。台湾史を多少知っている者ならこうした名前を知らないはずがない。彼らはまさに第一、三、四、五代の台湾総督である。彼らは薩摩軍を撃退はしたが、西郷隆盛の海外への野望を受け継ぎ、その後、日露戦争と一八九五年の台湾占領で大活躍した。

熊本城は不平士族の不満を抑え込み、武士の時代は二度と戻らなかった。日本は維新の道を歩む上で、もはやそれ以上大きな社会構造的妨害を受けることなく、全力で富国強兵に邁進することによって、逆に後の軍国主義及び軍事侵略の堅固な基礎を築いた。

薩摩軍が包囲する前夜、熊本城の大小天守は突然原因不明の火事に見舞われた。一般には熊本鎮台司令長官の谷干城少将が部下を鼓舞して背水の陣に臨む決心をさせるため、また同時に武士の精神的象徴を破壊するために、自ら火を放ったのだと信じられている。こうして熊本城の三つの天守のうち、独立して建っている「宇土櫓」だけが難を逃れて現在まで保存されているのである。

日本では古城を参観して天守に登る時、観光客が潮の如く行き来して、ひと時も静かではない。だが、熊本城では人々は復元された大小天守だけに興味を持ち、本当の古跡である宇土櫓まで足をのばす人はめったにいない。そこの主構造内は、濃褐色の木材が四百年間人々に撫でられ、踏まれた結果、鈍く柔らかな光沢を放ち、強い日光が小さな窓格子から射し込んで四方に反射するが、奥の部屋はほの暗さに包まれている。

これこそ本当の歴史的空間である。私はかつてその中の一室で、一人長いこと座って物思いに耽ったことがある。加藤清正は朝鮮戦役で不世出の功績を立てたが、結局のところ他国を侵略し、村々や森を焼き払い、無数の若い兵士をむざむざ異国で死なせた。その加藤清正が一人ここで物思いに耽ったことがあるだろうか。

若い軍人だった樺山資紀と児玉源太郎は、帝国の維新の前途のためにこの城を死守して、薩摩軍の破竹の勢いを阻んだ。大小天守の焼け跡がくすぶる中、また城外の砲火が天に轟く中、彼らはここで物思いに耽っただろうか。

熊本城の石垣は今回の地震でかなり破壊され、大小天守と宇土櫓もそれぞれ程度の異なる被害を受けたが、幸い構造そのものは無事だった。熊本城は以前から現地の人々の精神的象徴となっていて、この県出身のテレビ記者が現場中継の時に涙を浮かべるほどであった。行政の見積もりでは、全体の修復に十年、あるいは二十年を要するとか。

三・一一東日本大震災で仙台城を修復した経験を参考に、まずそれぞれの石の形状と苔などの特徴を記録して番号を振り、その後古い写真をもとにして、一つ五百キロから一トンもある石をジグソーパズルのようにはめ戻すのである。六十メートル崩壊した石垣を修復するだけでも三年半かかる。熊本城は重要な場所なので、きっといつか妥当な修復がなされるだろう。

古跡と歴史の保存はこれまでも簡単ではなかった。そこから我々は日本が古跡を尊び重視する態度を見て取ることができるばかりか、同時にまた古跡が人々の精神を支える大きな力を発揮するのを見ることができる。

チュ・ホーチ（作家）二〇一六年／山口守訳

金魚に命を乞う戦争
――私の小説の中の第二次世界大戦に関するいくつかのこと

呉明益

二〇〇三年頃、長篇小説を一冊書こうと思い立った。この長篇小説は、ある種の睡眠状態に陥った「私」が、夢と現実の狭間で父親「三郎」となり、第二次世界大戦末期に少年工として徴用され、高座《こうざ》にある海軍工場で戦闘機を製造するという物語だ。この物語は「歴史的現実」と密接に関わっているため、長い間、私自身の現実における悩みとなっていた。

史料を読み、二度にわたって日本を旅行し、当時の高座海軍工場と厚木飛行場を訪れた。「高座」という小さな町で、道すがら人に聞いてやっと「戦没台湾少年之慰霊碑」を探し当てた。それは当時爆撃で死亡した台湾少年工のために、日本人がお金を集めて建立した慰霊碑であった。

私は碑文を写真に撮り、ノートに記録した。そこには次のような言葉が記されていた。

「十三才より二十才迄の台湾本島人少年八千余名海軍工員として故郷を遠く離れ、……夢に描きし故郷の土を踏み懐かしの両親との面会をも叶わず異郷に散華せる少年を想ふ時十八年後の今日涙また新なり、これ等の霊魂に対し安らかなご冥福とかゝる悲惨事の再び起らぬ永遠の平和を祈り之を建つ」

私がここを訪れる数日前に、誰かがお参りをしていったのか、慰霊碑の前に置かれた花瓶に花が生けられ、コップにビールが注がれていた。中で昆虫が溺れ死に、横に百円硬貨が置かれていた。

慰霊碑の前に立った時、私はすぐにこのままでは小説を書くことができないと感じた。なぜなら、本当の意味で私はその時代の魂の中に入ることができないからだ。私が体験するのは十三才の「三郎」が異郷にやって来て戦争兵器を製造した時の心境であって、表面的な知識は自分が知っている鳩が空を飛ぶ原理と大した違いがない。

この焦りは二つのイメージを生んだ後、「現実」側の史料を整理することでやっと力を発揮し始めた。その一つは「観音」の視点で作品を書くというもので、もう一つはセマルハコガメの「石頭」の物語である。この二つの「役柄」を通して、ついに「童乩《タンキー》〔台湾の霊媒師〕」を語り手に設定して、時代の境地へ夢のようにしばし入っていくことができるようになった。

当時、私は多くの創作材料を捨ててしまったが、意外にもそれまで信じていなかった「運命」を編み上げることができた（それは私が『自転車泥棒』の中で取り上げた、「運」を

「命」の前に配置するのに似ている)。三島由紀夫(平岡公威)が昭和二十年(一九四五年)に川端康成に送った手紙の中で、自分が「勤労動員」に参加して、「神奈川県、高座郡、大和局高座工場、第五工員宿舎」に住んでいたことに触れているのを私は見つけた。これはまさに小説の「三郎」がいた工場の場所である。

このほか、平岡は夕暮れ時に台湾から来た少年兵に話を聞かせたり、飛行機の機械油で野菜炒めを作って彼らに食べさせたことを書いている。私は思わずその時同じ駐屯地にいた「三郎」も平岡が作った野菜炒めを食べ、話を聞いたのではないかと想像した。

少年工だった私の父親がもし若い三島由紀夫に会ったことがあれば(それどころか話を聞いたことがあれば)、ロウソクに火を灯されたように「運命」の神秘性を感じる。

七年が経過し、私は別の小説――『自転車泥棒』を書き上げた。この本を書いた動機は、『睡眠的航線』の読者からの手紙にあった。彼(あるいは彼女)は手紙の中でこう質問してきた。小説の最後で三郎は自転車を中山堂の前に止め、翌日失踪する。けれど「彼が乗っていた自転車はどうなったのですか?」と。彼(あるいは彼女)はそれがとても象徴的な意義を持った自転車であると考え、どこへ行ったかを尋ねてきたのだ。

正直に言うと、この手紙を読むまでその自転車のことをすっかり忘れていた。もしも私が創作を続けるなら、いつか小説を書いてその自転車の行方を伝えると返信した。

この読者からの手紙を読みながら、思わず当時『睡眠的航線』を執筆するために、高座や大和あたりを歩いた情景を思い出した。なぜかわからないが、観光客のいない町を歩く体験によって、しだいに何かに近づいていているように感じた。ある日、静かで奥深い森林の前までやって来ると、入口に「野鳥の森」という小さな看板があり、その傍に古い自転車が止めてあった。持ち主が森林へ入っていった後、取りに来るのを忘れてしまったかのようだった。

思うに、その瞬間、小説が始まっていたのかもしれない。

ある長い期間、私は古い自転車に興味や親しみを感じるようになり、古い自転車の部品やエナメルの商標などを買い集めるようになり、最後には街で古い自転車を探し求めるようになっていた。しかし、小説を書き始めるまで、その小説が「再び戦争へと戻る」とは思ってもいなかった。

自転車が最初に戦争に用いられたのはおそらく一八七五年のことで、イタリア人が戦場における通信手段のために自転車を使用した。そして、世界で最も有名な自転車部隊はスイスの山岳自転車部隊だ。第二次世界大戦の時にも、多くの国が自転車部隊を組織した。私は『戦争における自転車』(Jim Fitzpatrick, *The Bicycle in Wartime: An Illustrated History*, Star Hill Studio, 2011)という本の中で、日本が太平洋戦争時に発動した重要な部隊(作戦と言った方がいいかもしれない)銀輪部隊について読んだ。

この世界で、戦争で活用されない発明品はないのかもしれない。戦争とは、人類が創造した技術を飲み込む渦であり、人類が人類を傷つける技術を創造するよう仕向ける子宮でもあるかのようだ。当時、日本軍の参謀辻政信はジャングルの中で戦う方法を研究するよう命じられ、台湾は山や川が多い島なので、この銀輪部隊が長距離演習を行なったことがある。

一人の作家として言うならば、それは誰かがあなたに渡してくれた見知らぬ鍵であり、それで何かを開けることができると直感できるようなものだ。その開かれたものは、あるいは学術的なものではなく、人間性の中に隠されたある種の空間かもしれない。

読書したり、インタビューするにつれて、私はしだいに自転車とともに見知らぬ虚構の森林の中へ入っていった。この探索の過程で、ある本によって私の物語は別の方向へと向かいそうになった。それは小俣行男の『日本人従軍記者の見聞録——太平洋戦争』（沈曉萌訳、北京：世界知識出版社、一九八八年〈原題『続・侵掠——太平洋戦争従軍記者の証言』徳間書店〉）だ。

この本の中のある小段落によって、私は自分の小説の人物を全面的に修正することになりそうだった。それは太平洋戦争開始後、日本が作家を召集して各地の戦場へ向かわせ、戦争の宣伝報道を行なわせたという小俣行男の指摘だ。詩人の高見順、小説家の尾崎士郎は陸軍に徴用され、『蒼氓』によって第一回芥川賞受賞者となった石川達三は海軍に徴用され、後日の戦争に対する態度とまったく異なる作品を書いた（彼は文学者としてまず哀悼の意をもって戦争を反省する作品を書き、その書のために獄に囚われ、出獄後はまったく方向性を変えた）。思うに、戦争はこれらの作家にとって、魂に対する大爆撃だったのだろう。

高見順はビルマから中国の戦場へ赴き、日本が無条件降伏したことを聞いて、ほっとしたように「やっと終わった」と述べた。彼が『敗戦日記』の中で、「戦争は人類の疾病だ。戦後、戦勝国と敗戦国とを問わず、世界は人間の再建に取りかからねばならぬ」と述べ、またらっきょうを食べたり、金魚を拝むと爆弾が当たらないという噂が戦時中にあったことを書いているのを読んだ時、私は自分の国が戦争の罪の中心となっていることをそうした作家がどう考えたか、また自分自身が戦争の「罪」の一員であることをどう考えたか想像した。

また小俣は本の中で、ビルマで高見順がビルマ人女性と密会した場面に言及している。「何となく日本の寺の縁側のようなところに連れられて行った。女はそこにゴザのようなものを敷いた。月の光が射しこんで、女の顔が青白く見えた。帰りに高見さんは『随分アクの強い臭いだね』といった。ビルマの女たちは、ジャスミンに似た『ニージーバン』という花をじかに肌に塗った。フランスの香水は、花のエキスを精製してつくるのだが、ここの彼女たちは、花そのものを塗った。汗と花粉の臭いがミックスして全身から強烈な臭いを発揮する……」（小俣行男、一九八八年、一六二頁）。私にとってそれは小説のぼんやりとした入口のように感じられた。

しかし、私は最終的にこの一段を放棄することにした。この一段は私の小説の外に存在している。それは別の小説の場面に属するべきだ。私がまだ体験したことのない別の物語に。死や殺戮や憎しみに直面した時、体内に依然として飢えや渇きのような欲望がなお存在するだろうかということだ。

本当の意味で戦争を経験したことのない私のような作家にとって、戦争を描く意味はどこにあるか、いまだによくわからない。しかし、自分の小説世界に入っていく時、「金魚を拝む」ことで生きながらえようとする戦争の中では、真の正義など存在していないとはっきりと感じる。それは『反抗の筆』〔ジャン・クリストフ・ヴィクトル、原題 *Un Oeil sur le monde*〕で読んだ次のような一段と同じだ。「戦争は顔見知りの人々によって決定され、しかもそうした人々の生命はいかなる脅威も受けない。しかし実際に戦場に身を置いているのは、無数の互いに知らない兵士たちであり、彼らは残酷な戦火の中で砲弾の灰となる」（二〇一四年、時報出版、四四頁）。あの戦争は彼方に遠ざかったようだが、依然として前世代の人々から、私たちの知らない方法で痛みを伝え、私たちの体の中のある場所に生き残っている。ただ多くの人はそれに気がつかないだけだ。

小説を書く時、私はそうした古い自転車、つまり時間の川の中にまだ沈んでいない自転車を繰り返し解体し、組み立て直す。私は自転車の泥を掃い、錆《さび》を取り、油をさす。そしてある瞬間、役に立たないその隙間に何かが存在していることを直感する。

それは自転車のちょっとした動き、そして人類の魂のささやかな動きに関係している。

ウー・ミンイー（作家・エッセイスト）二〇〇五年／山口守訳

美女のように背を向けて、あなたと話す。あの冷たい日本語で

盧慧心

二〇〇六年の夏、私は日本語を習いに行った。大学時代に教養科目の日本語を四単位勉強しただけだから、レベルは低かったのに、クラス編成の際にちょっとした手違いがあって、日本語教室の職員が私を中級クラスに入れてしまった。それで、動詞変化についてはそのほとんどを当時私の左側に座っていた、とてもキュートな女の子に教わった。彼女は面白い言葉遊びを使って動詞の規則を暗記するやりかたを教えてくれた。

台湾では日本の情報をたくさん得られるし、日ごろ見ているテレビ番組も大半が日本のものだ。いったんコツを覚えれば、日本語を学ぶルートは多種多様、どこでも「道場」になる。家でアダルトビデオを見て自学自習している志のある者だって結構いる。でも私はみんなが志を

同じくして学ぶ日本語クラスの雰囲気に愛着があり、そのうえネットで検索して、ちょうど台湾で中国語を勉強している日本人を見つけ、日本人の友達も作っていた。だから日本語教室に行くときは、もうすっかり旅行をしているようなものだった。こうして二年間、日本語の授業を受け続けた。

このころすでに日本は台湾人に対してビザ免除の措置を取っていたので、その後この機会を利用して大阪に三か月間遊学した。遊学といっても、実はとてもシンプルなもので、まず月決めで長期間宿泊できる標準クラスのホテルを探し、そのあとネットで日本語の三か月コースを予約して、飛行機に乗るだけ。ヒュー、三か月はあっと言う間に過ぎ去った。

そのとき私が選んだのは毎日午前中三時間のレッスンだった。週にたったの十五時間。でももしちょっとまじめにやるなら、授業のあとお昼ご飯を食べてホテルに戻り宿題をしていると、終わるのはだいたい外が暗くなるころになる。教室の外の生活はとても快適で、宿題が終わったあとはずっとおやつを食べ、テレビのお笑い番組を見て過ごした。週末は適当に近場の観光スポットに出かけて行き、気ままに小さなお店に入ってご飯を食べ、毎日スーパーで発泡酒を買って飲んだ（発泡酒はビールの規格に合致していないので、ビールと表記できず、そのためビールより安い）。あずき大福は、とても甘くて口に入れたとたん脳の一部に電撃を受けたみたいになるけれど、私が熱愛するスイーツだ。

台湾に戻るとすぐ日本語能力検定試験に合格した。

これらのことは時とともに過ぎ去り、今の私の日本語能力はすでにあるレベルまで滑り落ちてしまったが、語感は旅行の記憶といっしょで、そう簡単に忘れるものではない。大阪にいたときはちょうど秋にあたったので、箕面《みのお》の滝に紅葉を見に行った。山頂に向かって道をひたすら歩いているとき、目の前に極彩色に輝く秋の陽光が広がっていた。山道の途中にはぽつんぽつんと茶屋があって、旅人は順に腰かけて、お茶とお茶菓子（三色団子）をいただいた。紅葉が風を受けて揺れ、畳特有の草の香りとぬくもりを感じた。お茶が終わって、また上へ上へと進むと、野生の猿の群れがボス猿のあとについて橋を渡っているのに出くわした。人は橋の上を歩き、サルの群れは欄干の上を歩いて、両者は互いを困らせることはない。ここの行楽客はみんな早起きの夫婦たちで、「ボス猿も紅葉を見に出てきてるね」とささやき合っていた。

箕面の滝は水しぶきが霧のように立ち上り、水の音が耳に痛いほど大きい。水がサテンを流したようにつややかに落下すると、空気が激しくかき乱され、呼吸をしているだけで痛快でさわやかな気分になる。滝の下の滝壺は丸い石が一つ一つ数えられるほど澄んでいた。その後、再び紅葉を見たのは、貴船神社と鞍馬寺に行ったときで、神社は水源地に建てられているため、旅人は渓流に沿って山登りをする。電車を降りるとみんな申し合わせたように山の上へ向かい、互いに小さな声でおしゃべりをしたり笑ったり、美しい景色に感嘆したりして、長い道を歩いてもちっとも疲れを感じなかった。

日本語は、実は強度の冷え性だということが、日本語に親しむにつれ、ますますわかってきた。あのように冷静で細やかな感情はみな日本語自身から来ており、日本語とは意識的な省略だったのだ。

どうやって万物の中から、確実に一つの「ないもの」をつかむのか、ぜひ教えてほしい。

もちろん興奮して騒ぐこともある。例えば各種奇妙な突っ込みは、まさに冷え性の日本語のうちでは熱炒[*1]の作品だ。私が大阪に三か月いたとき、関西人に強く惹きつけられた。でも彼らは突っ込みでさえ、口に出さないところでわざと難癖をつけるように決めていて、ステージ上のお笑い芸人と観客も一種の一体感の中でゲームを楽しんでいた。

アメリカ籍のクラスメイトの「香」が日本人の笑うつぼが変だと文句を言った。彼の日本語はとても上手で、私より上のクラスだった（一般に欧米の学生は私たちのように漢字の基礎がないので、上級まで進むのはとても難しい）。私は香といっしょにテレビでジャニーズのコンサートを見ていた。ある場面で、堂本光一が堂本剛に一通の手紙を渡すと、堂本剛は手紙を開けて、ちょっと読んだだけでもうこらえきれずに涙をこぼし始めた。ステージの下のファンがみな胸を痛めて叫び出した。「泣かないで！」、「頑張って！」

このとき光一が剛に向かって一言叫んだ。「ここかよ！」

観衆はどっと笑い声をあげ、剛でさえ泣いた顔が笑顔になった。私がテレビの前でげらげら大笑いしていると、香は顔をこちらに向けて異民族を見るような目で私を見た（香からすれば私はもちろん異民族には違いないけれど）。

香はどこがおかしいのかわからないのだ。彼の日本語は間違いなく素晴らしいのに。

日本語の「ここか」の意味は「ここですか？」だ。

つまり、ちょっと読んだだけでもうここで泣き出したの？　ねえ、あなたのポイントはどこにあるの？　それで光一が訊いたのだ、「ここかよ！」

でも、青い目のアメリカ人はちっともおかしいと感じない……私は香の前途が思いやられた。日本語を学んでから、私が使える日本語は反対に大幅に減っていき、口を開く前に何度もためらうようになった。日本語はその人が置かれている状況や身分によって絶えず変化し、敬語一つで関係を遠く引き離すことだってできる。大勢の人が一緒に話している場合はもっと主客の区別が難しくなる。私はみんながどの人のことを話しているのかさえつかめないことがしばしばあるけれど、でも日本人――彼ら日本人は、全員が、みんな、わかって、いた。(当然だよね、彼らは日本人なんだもの!)

曖昧には曖昧の欠点があり、日本人はこのためにたくさん損もしている。かつて流行った「オレオレ詐欺」は、被害者に適当に電話をかけて、わざと名前を名乗らずに、こう言う。「オレ、オレだよ!」そのあとおもむろにお金を貸してくれと言ったり情報を聞き出したりするのだが、日本人は電話中に根掘り葉掘り訊くことができないから、ただ相手の思うままにやられてしまうしかない。このやり方を台湾に持って来て台湾人を騙そうとしてもおそらくそううまくはいかないだろう。

日本語の美しさは日本の美しさと同じで、強く自身を抑制し、何層にも身を隠している。きらびやかな美しさの外側は、雪のように冷たくて、ある種の論理が期せずして心情と一致する。その精巧で美しい短時間の転換は、まるで美女がさっと背を向けてあなたと話をするようなものだ。なぜならあなたは当然わかるべきで、わからないわけにはいかず、彼女が上の句を言うと、あなたは下の句を推測すべきなのだ。まさにこうやって省いて、省いて、ほんのわずかな以心伝心に磨きをかけていると、あなたは自分がしまいには一種の寂寞に完全に占領されるだろうことを知る。この予感はいったい何なのか？　それこそ日本語を学んだ報いなのだろう。

ルゥ・フイシン（作家・劇作家）二〇一六年／白水紀子訳

＊1　一皿の料理の量が少なめのアツアツ料理。台湾式居酒屋の呼び名にもなっている。

阪堺電車の時間

伊格言

日本への旅行を熱愛する多くの友人たち――いや、彼らからすれば旅行ではなく、むしろある種の本能的な、直感的な、ほとんど体や曖昧な記憶に深く埋め込まれた甘美なもの――が日本へ行って、そこに滞在し、遊覧する一種のあるいは百種の生活と比べると、三日間、一週間、あるいはそれより長かったり短かかかったり……、いずれにせよ友人たちと比べれば、日本は私にとってまったくの異郷である。

あるいはこうも言えるだろう。私にとって、もう二十年間も暮らし、育った都市もまた同じように異郷だ。

友人たちが日本へ到着するとすぐに行く場所を決め、予期していたように精神を集中して、瞬時に特定の興奮状態の虜になるのとは違い、私はいつも五官や好奇心を全開にする。そんなに無防備では代価を払うはめになる——突如大量の情報を吸収することで不意打ちを食らい、困惑し茫然とすることもある。時にはそよ風が意味もなく吹き、待ち受けるものがなく、何もないことすらある。

もちろん「ある」こともある。私にとって、阪堺電車《はんかい》はそうして出会ったものだ。その年、私は友人たちと関西へ出かけた。関西には何でもある。長く尽きることのない時間の中で毎年決まったように艶やかに色づく紅葉、交通が縦横に交差するスターシップ本部のような巨大な複合都市、和洋入り混じるおとぎ話のような港地区。

それが関西だ。歴史のこちら側とあちら側。

それはたっぷり買い物を楽しんだ旅行の最終日で、みんな気分が高揚して、毎日がピカピカに新しく、無限の可能性があるようだった。夕方になっても誰一人疲れたと言う者もなく、旅行がまもなく終わる寂しさや感慨無量という気持ちさえなかった。その時、私たちは天王寺駅にいて、友人たちは熱心に資料を捲りながら、旅の途中に絶えず生まれる、永遠に尽きることのない大量のリストを交換し、もっともっと多くの計画を練っていた。私はぼんやりとあたりを見回して、標語や広告——多くの台湾人と同じく、漢字が日本語の文脈に置かれることで余韻を感じる標語や広告——を眺めていた。

そのうち阪堺電車の駅の案内が目に留まった。

夜、ホテルで会おう。行きたい場所が見つかったと私は告げた。

阪堺電車は歴史が長く、大都市にほとんど残っていない路面電車だと聞いていた。実際には私は鉄道ファンではないし、大都市の歴史ファンでもない。けれども、偶然か予想外かに関係なく、「塵の積もった歴史の中に突然浮かび上がる歴史の残留破片」自体に儀式感があるように感じる。それが何か、私にとってどれほど未知かにかかわらず、誰かへの敬意に満ち、秘密めいて、保護に執着しながらも探し求めるもの、そうした歴史の縦の深さは私の旅行に存在感を与えるはずだ。

天地の果てまで続くような天王寺駅を出て角を曲がると、通りや路地のサイズが一変した。行きかう人々の服装、表情、歩調もみな違ってきた。案内に従った連続的な移動なのに、まるで塀を越えたようで、塀の向こう側は私を受け入れようとしない世界だ。

旅行番組で百年の歴史ある電車路線だと大げさに宣伝していたが、プラットホームは民家と民家の間にあって低く質素な造りだ。始発駅さえ自ら宣伝する価値がないと認めているかのように地味で、特別に設計された地域の公園のようだ。学生は鞄を背負い、主婦は買い物かご袋を手に提げ、サラリーマンはネクタイをゆるめ、マナーモードだったスマホもゲームで得点した軽やかな音を発している。おじいさんやおばあさんは手に何も持たず、のんびりし過ぎているほどの笑みを浮かべている。

その時私は観光客風の目立つ服装や挙動をしていなかったが、見破られるのではないかと本能的に心配した。よく考えてみると、その電車に乗る一見無関係な一人一人がひとつの、もっと言えば「唯一の」物語に正確にはめ込まれているせいだったかもしれない。いわゆる「日常感覚」とは、字面から感じる軽いものではなく、本当の意味は「環状」ではないだろうか。終わりのない環。言葉を換えて言えば、この電車に乗ったことで別世界に入ったわけだが、私は一人の外から来た旅人として、いかなる段落や場面とも接続する条件を持っていない。

けれども、車内で私に注意を向ける人は誰もいない。乗客は会話をせず、黙約を超えた調和がある。私は受け入れられず、かと言って排除もされない。この瞬間の世界の異なる次元と比較されるように、概念的存在なのだ。ふと、ここ数日ずっと友人たちと楽しく遊べず、旅程のどこかで引っかかってしばし立ち止まっている状態なのを思い起こした。この二つの感覚は同じなのだろうか。あたかもこの瞬間こそ、意義のより明確な隠喩のようだ。ここ数日がこの瞬間の予行演習だったかのようだ。

電車は狭く包み込まれた市街を走り、次の駅へ着こうとしていた。境界が転換、脱落したように突然視界が開けて、目の前が一面幅広いスクリーン、つまりよそよそしい乾いた道路になった。

物語（たとえ私を受け入れたがらない物語でも）を背負った一両だけの電車はおぼつかない動きで、すべての個性と願望をはぎ取ってしまう場所へ進もうとしていた。薄緑色の車体には同じような温もりと平静さを保った乗客がまだいる。まるで己の運命を承知しているが如くゆるぎない。電車の車両は封じ込められ、凍結した永遠の時間を保っている。

電車が停車すると、私はそそくさと下車した。私以外に降りる人も乗る人もいない。まもなく眼前に見えることになる灰色の道路が前方近くにある。電車はゆっくりと遠ざかり、説明のつかない堅固な意志にも関心を持たないようだ。あるいは、薄灰色の遠方や未来をより高いところで包み込んでしまったのだろうか。すべてが物語の一部分になろうとしている。電車の一部分に。

日がすでに暮れ、私は見知らぬプラットホームに立ち、百年の歴史のある電車に取り残されたのを機に、微妙に、トポロジーのようにこの都市全体の一部に入っていった。

エゴヤン（作家）書き下ろし／山口守訳

日暮れの日暮里

言叔夏

日暮里に日暮れが訪れると、黄昏は大半を失う。繊維街の人通りはまばらで、数年前初めてこの地を訪れたときの喧騒はもはやない。日暮れの歩道には廃棄され捨てられた布が積み上げられて、ぼろぼろになるまで乱雑に鋏が入れられている。昔の東京の女性はみんな服を作るために木綿の布地を求めてここに来たものだ。だが今は「身体の輝きを失い」、「美しい歌声もかすれ」[*1]、日暮里は京成線が東京に入って通過する地名に過ぎなくなった。ずいぶん前にある友達が私にくれた絵葉書を思い出す。その場所がまさに日暮里だった。電車の乗り換えのときにたまたま駅前のポストに投函したのだろう。絵葉書にはわざとらしくはしゃいだ文字が躍っていた。いつもの彼女らしかったけれど、ただ地名だけが誠実だった。おそらくそんな演技でさえ一種の誠実さなのだろう。ずっとあとになって彼女とは二度と会わなくなった。関係を断ったのではなく、終わりが来ただけだ。

お元気ですか。ここの黄昏は川のようです。日暮れがとってもきれい。

そして今、私はついに日暮里に到着し、地名の理由も理解できた。日暮里の日暮れはこの上なく平凡で、東京のどこの町にでもある風景だった。私が南千住の旅館から電車で二駅のここに来たのは、ただの散歩にすぎない。東京での最後の数日、行くところがなかった。昼間、宿泊先の郊外のホテルで目が覚めたとき、窓の下に墓地が見えた。その中の墓碑を上から一つ一つ眺めていると、まるで島のようだった。南千住の町の通りは終末のようにがらんとしてもの寂しく、人の姿さえ見えない。あるとき私は疑いを抱いた、自分はいったいどんな時間の中にいるのだろうと。毎日下に降りて、ホテルのカウンターの前を通り過ぎ、道の向かい側のコンビニに行って、食べ物とお酒や飲み物を抱えて戻って来る。一三三〇マイル飛んで東京に到着したのに、相変わらずこの国の、都心から離れた郊外であなぐら生活をしている、まったく台北にいるみたいに。あるとき私は、自分が実は旅行をしているのではなく、体に磁場を背負いながら移動しているだけなのではないかとさえ疑った。上空から一つの部屋を自分の知らないところに降ろして、そのあとドアを開け、たまに外出しては顔の五官が少し異なる人と挨拶を交わし、急いで戻ってくる。机の引き出しや小箱のように正確に区切られたこの部屋へ戻って来ているだけではないのか。私はこの柔らかいベッドマットを敷いた細長い枠の中に仰向けに寝ている、まるで魍魎《もうりょう》のように。

台北は遥か遠くの幻影だ。そして東京もこの上なく真実ではない。夏の午後の陽光が風景をゆらゆら揺らし始めた。バス停、地下鉄、大通り、ショーウィンドウ、自転車、居酒屋。

陽界の事物。

心の中にこんな声が浮かびあがり、ようやく自分がなんと幽霊だったのを知った。

◆

まるで白日に夢遊病でさまようように、幽霊がふわふわ浮遊して、一日の旅が終わる。いつもと同じ一日、どんな昨日とも違わない。昨日どこにいても少しも違わない。日暮れに日暮里で乗り換えた。想像していたより少し古い緑色の電車、それに長い長いプラットホーム。ベルが鳴り響くと、プラットホームの売店がかすかに振動し、電車がゴーと音を立てて入って来て、ゴーと音を立てて去って行った。プラットホームの突きあたりにいる薄手のスプリングコートを着た善男善女は、ひょっとして九〇年代はじめに初めて衛視中文台《Chinese Channel》に登場した黒い顔の織田裕二と大きな肩パッドの鈴木保奈美ではないのか？

電車が動き出すと、彼らはすでに終了した日本のテレビドラマ以外のどこに行って暮らすのだろう？

この電車は北千住行きだ。荒川に日が落ち、川がさらさらと流れている。そこは松子[*2]が日夜眺めていた川岸だろうか？

電車の中で一人の女性が眉をひそめて私を見た。私は電車の中で日本人がこんなふうに人を見るのをあまり見かけたことがない。彼らの大半は下を向いてスマホをいじっていて、ほかは居眠りをしているか、読書をしているかだ。最初はその女の人が投げかけてくる視線をやんわり避けたものの、そのあと急に私を見た理由がとても知りたくなった。私は彼女が知っている誰かに似ているのだろうか？

女の人がどの駅で降りたか知らない。電車の川の流れの中で、最後はあふれ出て散り散りになっていく石ころのように、都市の周縁の小道に押し流されて行った。

日が沈むころ、ついに北千住に到着し、電車からバスに乗り換えた。大河は、まるで神がそばについているように信用がおける。荒川沿いに道を歩いていると、あやうく地図にはない折り目の中に迷い込みそうになった。ここは東京の下町の下町だ。都市の下水道が、大量の混じり合ったにおいを集めて、急に悪臭が強くなったり、急に道が長くなったり短くなったりした。これはつまり、また何者かが私を絶えず斜めに弧を描いて歩かせ、そのうえいつも間違った道の方に連れ戻しているということなのか。神か？　それとも道沿いに絶え間なく咲き誇る漢字のせいなのか？　まるで皮と肉が分離して意味と語彙をばらばらに引き裂いているようだ。それら漢字の象形配列は星の群れを取り囲んでいるみたいで、一種のリリカルな公式、例えば北斗七星の柄杓に六をかけて北極星を探したりするのにとてもよく似ている。横丁の突当りで川土手に上ると、大きな空の塊が次々に滑り落ちてきた。東京の街の中にもし神がいるならば、きっとこの川面の豪奢な波の光の上に凌駕しているにちがいない。

中島哲也が二〇〇六年に撮った映画の最終の落ち着き先。人に嫌われる松子おばさん。秋の季節のとびきり紫でとびきり赤い空は、神仏の光がすっかり消失した時代にだけ存在する。デジタルカメラだからあのような神の表情を撮ることができたのだ。まるで突然の神の啓示のように、映画のテクストはここでパタッと止まる。松子は訊いた、「なぜ？」いくら訊いてもあたり一面に自分の声が響くだけ。彼女が愛したことのある男たちは、結局誰も彼女を愛そうとしなかった。白雪姫とブラック・スワン。あちこちをさすらったあげく、彼女は思いきって荒川の土手のおんぼろマンションに住み着いた。

死の直前、最後に見たのは川岸の上に広がる秋の日の満天の星空だった。休まずに回転し続ける星空。子どものころ妹のベッドのそばにあったきらきら光る折り紙のようだ。ちょっと触れるとすぐにくるくる回り出す。空いっぱいの、満天の星が落ちてきた。おねえちゃん、私を置いて行かないで。いい子にしてるから。何度か南千住のホテルの細長いシングルの部屋で目を覚ますと、夢の中でそれがいったい映像だったのかそれとも現実だったのか、はっきりしなかった。私の妹なのか、それとも単に映画のヒロインの妹なのか？　大河がさらさらと流れている。ここはもう一つの別の国なのだろうか、あるいは私が夢の中で見たよその場所にすぎないのだろうか？

そして夏もとうとう終わりに近づいて来た。旅行も、光の中で真っ白に感光した風景も。一本の極めてシンプルな線のように、まるで森山大道のレンズに映った道路みたいに、感光紙の画像にはいつも光の結界《けっかい》がある。そこをもう少し拭き取ってみよう。もっとよく拭き取ってみよう。線を消し、光にどんどん侵食させて、カメラを持っていた人の記憶をあいまいにし、もう何も思い出さなくていいようにするのだ。よその土地で暮らす。もし川の中に神がいるなら、神は私を最後には私の町で暮らせるようにしてくれるだろうか？

二〇〇六年、台北の川土手にあるマンションで、中国のトレントでダウンロードしたこの映画をWといっしょに見終わったとき、ふたりとも泣き出してしまったのを思い出した。そのとき床まである広い窓の外のベランダから相変わらずゆったりと流れる景美渓[*3]が見え、黄昏がやってくると、すぐに紫がかった赤い空が広がった。私にも毎日見つめていたそんな一本の川があり、目がかすみ、舌が乾き、身も心も枯れるほど長い時間眺めることができたのだった。それにあの一人暮らしをした日々。孤独な二三六系統のバス。[*4]最後の最後のバスが、早朝一時三十五分に私をすでに明かりが消えた市内から川辺へと送り返してくれた。暗夜行路、私にはまだ一本の寄り添うことのできる川がある。

イエン・シューシャ（作家）二〇一三年／白水紀子訳

＊1　仏教語で、小五衰の「身光微暗」「楽声不起」。
＊2　山田宗樹『嫌われ松子の一生』（幻冬舎、二〇〇三年）に登場する主人公。二〇〇六年、中島哲也により映画化された。
＊3　国立政治大学のある木柵一帯を流れる新店渓の支流。
＊4　台北駅と東南大學の間を走る欣欣客運のバス路線。

夫と子どもを捨てて、何もしないで過ごす革命の旅

劉叔慧

妻であり母である者が家から逃走するのは、ほとんど革命に等しい。事前工作と、時間と、布陣、さらに運気も必要だ。しかも必ず成功するとは限らない。

ずいぶん早くから自分に母親願望があると確信していたけれど、ずっと子どもという存在を好きだと感じたことはなかった。ところが自分の子どもだけは愛おしく思えてきて、このかつてない感情に気づいてびっくりした私は、大幅に自分の生活方式を変えることができた。私は軸心から円周に変わり、初めて産んだ子どもをしっかりとガードした。

息子が一歳半の年に、バリ島の Ritz Carlton に飛んだ。このときはまだ、これまで通り飲んだり食べたりして旅行を楽しもうという考えが少し残っていた。だが、飛行機のチケットが買い取った「時空の置換」はほんの少し心の安らぎを与えてくれただけだった。ベビーカーを押

してPadiの中庭レストランで夕食を取ろうとしたときのことだ。レストランは曲がりくねった川の中央にあり、川面には真っ白な蓮の花が星が降ったように浮かび、テーブルの上に置かれたキャンドルの明かりにこたえてキラキラ輝いていた。料理を注文し終わったばかりのとき、子どもが事前の警報なしに激しく泣き出して、何を言っても聞く耳を持たなかった。隣の席の白い肌をした金髪のカップルがちょうどテーブルの上で手を握り、ひそひそと親しく語り合っているのに、幼児の泣き声は山河をしのぐ勢いだったので、私たちは気まずくなって慌ててその場から退散するしかなかった。息子が三歳のとき今度は京都に挑戦してみた。古都は、どこもしとやかでかぐわしく、閑静な祇園、暑い夏の風情溢れる鴨川の納涼床、そしてどの神社にも願いに静かに耳を傾けてくれる神様がいた。でも、子どもが大声で泣き叫ぶ声は神様も耳をふさぐほどだった。くたびれたのだ。古寺をあまねく巡り、三日目の清水寺の入口で、ついに声を上げて泣き出して、歩こうとしなくなった。三歳の子どもは朱色の鳥居を見た途端、すぐにまた重苦しい寺院だと気づいてしまった。京都は大人の味わいがする、大人の古都だ。幼い怪獣には不向きなのだ。

二年坂で抹茶アイスを買い与えて泣きじゃくる子どもをあやしながら、心中ひそかに誓いを立てた、私は逃亡すべきだ、完全に大人の一人旅をすべきだと。決意の種は心の底で、革命の小グループを育てるみたいに、必ず絶好のタイミングで蜂起できるよう、力を蓄え続けた。

十年。ついに断捨離をして、初心の旅に戻ることができた。六人の併せて数百歳になる万年青年団がこうして旗揚げをしたのだが、私たちはほんとうに俗世間から離れ、群れから離れたいと心から願った。幼い子どもの心身の要求にこたえる必要も、恋人のささやきの限度枠を負担する必要もない旅を。どんな感情の形にも営みが求められ、それが本心であろうと見せかけであろうと、常にそつなくやっていれば、そのたびにどっと疲れてしまう。若いときの旅行は楽しむものなので、主客がはっきりしていて、旅行の楽しみの中には実利的な性質も含まれる。見識を深め珍しい話をたくさん聞いて、未来の人生のために感覚と知識の面で何かしら具体的な貢献を求めるものだ。でも私たちのように中年も後期に入ると、旅行は一つの単独の句点に過ぎず、前書きもなければ後書きもいらない。私たちはこの句点の中で完全にリラックスしてゆったりと過ごし、何にも煩わされずに、悠然と心ゆくまで遊ぶのだ。

オジサンとオバサンの豪華な旅として、私たちは北陸行きを選んだ。新幹線はまだ開通していなかったので、ほかの地域と比べると、北陸は不便さがもたらす快適さを保っていた――交通の便の良さは通常、絶景を破壊する最良の武器となる。僻遠の地は人煙もまれなはずだ。私たちは三つの高級温泉旅館を選んだ。「雅樂倶《がらく》」〈富山県春日温泉郷〉、「あらや滔々庵《とうとうあん》」〈石川県山代温泉〉、「無何《むか》有《ゆう》」〈石川県山代温泉〉である。それぞれ雅、趣、境の三種類の異なる雰囲気と味わいがあり、どれも部屋数が二十室以下の精緻で幽雅な名宿だ。人が少なければ、細かいところまで世話がゆき届き、そのうえ俗に流されていない。大きなホテルのような標準化されたサービスは考慮の対象外だった。

神通川のほとりの真っ白な建物の「雅樂倶」はまるで美術館のようで、どの片隅にも芸術があふれていた――石の彫刻、陶芸、絵画など、大げさな宣伝はないけれども、すべてに心遣いが感じられる。吹き抜けのロビーには人っ子一人おらず、従業員でさえ神出鬼没で、ふいに前に現れてコーヒーやお茶を運んで来たり、ふいに後ろから熱いタオルを差し出してくれたりする。ロビーに腰かけて窓の向こうの風景を鑑賞しながら少し休んだ。目の前は滔滔と流れる神通川で、遥か遠くに雪山が果てしなく広がっている。体の後ろにある暖炉の火の光がガラス窓に映え、炎はゆっくりと燃えて、鉄橋のある雪原の中に、人がいるようにもいないようにも見える。宿泊客も芸術品に変わり、あちこちで彩を添えている。最高のサービスとはこういうものなのだ。前後にべったり張り付いたりせずに、姿は隠れて見えないけれど、あなたの一つの視線、一つの動作から即座に必要なことを察知して、すぐに早足に姿を現わして問題を解決してくれる。

創業八〇〇余年の「あらや滔々庵」はまた別の風情があった。老舗旅館で、源泉が湧き出る古泉を持ち、すべてに来歴がある。魯山人が逗留したときのゆかりの作品や書、それに年配の中居さんもそうで、心のこもった熟練した出迎え、挨拶、お辞儀は、時間のやすらぎと軽快さを同時に感じさせてくれる。何百年も続いてきた「滔々庵」は世故を見慣れていて、軽快なのは通り過ぎる客のほうで、私たちはここで一つ静かなひと時を用立てる。竹林にそよ風が吹き、温泉の音がかすかに聞こえる。秘密の通路を通り抜けると石代温泉街に出る。街並みは千尋が間違って迷い込んだ魔女の町に似ていて、さびれた飲食店は、接客をする人がいる気配はなく、簡単などんぶり物とアイスクリームがあるだけだ。適当に席を選んで座っていたけれど、午後いっぱい一組の老婦人しか見かけなかった。二人は白髪をきれいに梳《と》かしつけて、のんびりと入って来ると、向かい合って座り、アイスクリームを食べた。私たちはこのような姉妹の情を話題にして、晩年に一緒に連れ立って散策し、一杯のアイスクリームを食べることの大切さについて語り合った。

私たちは観光スポットに行くことも、わざわざ何かプランを練ることもしないで、気の赴くままに歩いた。浴衣を着て下駄を履いて、気持ちよく金沢の和風料理を堪能した。新鮮なブリと香箱蟹《こうばこがに》、お腹が温まるお茶漬け。よく嚙み、味わいながらいただいて、おなかがいっぱいになる。しばらく本を読み、お茶を飲む。湯屋には誰もおらず、間違いなく満室の旅館なのに、ほかの客をほとんど見かけることがない。浴場も自分たちだけで、全身が温まるまで浸かってから、外の部屋の寝ござの上にしばらく腰かけて、冷たい水を飲みながらお喋りをした。

ごくありふれていて、またこんなにも特別で豪華な遊蕩は、その名もぴったりの旅館「無何有」で句点を打った。竹山聖が原研哉とともに、とてもシンプルな禅の空間を創出し、老荘の空無の境地はここ日本でようやく生気を得ていた。細やかで純白のコンクリート打ち放し仕上げの建物は、余計な装飾は一切なく、間口の大きな窓からの景色がまさにすべてである。「虚室に白を生ず」とはこのことだ。庭園に囲まれた「無何有」は建物全体がとても低く、塵埃の中に沈みそうなほど低いが、これが反対に無比の広さを生み出している。

静養によって生まれる「無為」が、まさに中年後期に入った私たちの旅の主な目的だ。全行程で一番真剣に議論したテーマはこの三箇所の宿に順位をつけることくらいで、これ以外は買い物にも気を遣わず、食事も寝るのも旅館の中だったので、力を抜いてリラックスして世俗の雑務のないひとときを満喫した。

しかし、革命はわずか七日間の段階的成功しか許されず、最後はやはり帰途につかねばならなかった。

日台間の飛行時間はお話にならないほど短く、整理体操《クールダウン》をちゃんとやる時間さえない。留守番の夫には、天災・人災・緊急事態でないかぎり、このリフレッシュ期間中は電話もメールもしないでと約束して出て来た。あとで聞いたのだが、息子たちは毎日のように母親がいつ帰ってくるか尋ねたらしく、あれほど十分な事前説明会を開いて、母親が一人で旅に出て休息をする大義をわからせたはずだったのに、結果はこうだった。子どもたちは案の定、長い別れのあとの再会のとき、泣きじゃくりながら、今後は二度と一人で出かけてはだめだ、どこに行くにも家族四人いっしょに行っていっしょに帰らなくちゃいけないと言うのだった。どうやら、子どもたちに羽が生えて、立場が一転し、子離れできない父母を彼らが革命するようになるまで待たねばならないらしかった。

飛行機が着陸しても、まだ遠方に残雪が見えるようだった。旅の間、まったく夫のことも子どものことも、また台湾のことも恋しく思ったことはなかった。むしろ家への帰り道では軽々と飛翔した自分を懐かしく思い始めていた。とりとめのないおしゃべりをした日々、残冬に飲んだ冷たいお茶、一日中ただのんびりと座っていたこと。何事もなかったようで、その実それら一つ一つが心にしっかりと刻まれている。

リゥ・シューフィ（作家・編集者）二〇一五年／白水紀子訳

母を連れて京都へ行く、ときには叔母さんもいっしょに

李屏瑤

　とっておきの名案をシェアしよう。もし旅行の途中で母親を怒らせてしまったら、心配はいらない、まず携帯かカメラを取り出して、レンズの焦点をあわせさえすれば、彼女はすぐに零《こぼ》れんばかりの笑顔を見せてくれるはずだ。上手に撮りたければ、手が震えてはダメ、そして一、二、三と大きな声で数えるのも忘れないこと（いったい三のあとにシャッターを押すのか、それとも三と言った瞬間に押すのかは、あなたたちの暗黙の了解による）。それから、ちょうどいい色補正フィルターを選ぶこと、大事な観光スポットはどこも少し多めに撮っておくこと、さらに彼女が痩せて見える写真を選ぶことも忘れてはいけない。フェイスブックにアップしてもいいと思われさえすれば、子としての当座の任務は、そこそこうまくいったことになる。

母と叔母を連れて京都へ個人旅行に行こうと決める前、自分では万全の準備をしたつもりでいた。綿密な旅行計画を立て、交通ルートのシミュレーションをし、さらに私たち三人だけのLINEグループも作って、いつでも話し合えるようにした。もちろん、いちばん重要なのは、心の準備だ。私たちは年の初めに旅行の時期を相談して、十月末に京都へ六泊七日の旅に出かけることに決め、三月になるとすぐに航空券とホテルの予約を一気に済ませた。十月初め、私は母と叔母を二人とも集めると、ノートパソコンを使って、彼女たちに向けてスケジュールの提案をした。訪れる予定の観光スポット、たとえば清水寺、伏見稲荷大社、嵐山などについて、鮮明な写真を添えて参考にしてもらった(というのも、彼女たちが思い描いている情景は、こちらが思っているものと違うかもしれないからだ)。立ち寄る予定の喫茶店やグルメレストラン、それに母と叔母が前々から要望していた大阪と神戸も加えて、毎日のスケジュールをひと通り説明した。彼女たちはトレンディドラマを見ながら空いた時間を使って私にうなずき、それでいいわ、と言った。ところがこれだけやっていても、旅行前のある日、従姉《いとこ》といっしょに地下鉄の駅まで歩いていると、彼女はそれとなくこう言ったのだ、「あなたほんとに勇気があるわね」

私が初めて海外に行ったのは四歳のときで、母と母の両親もいっしょの団体旅行で行き先はタイだった。バンコクとサムイ島に行ったようだが、とても幼い頃のことなので、その旅行で覚えている唯一の印象は、ひどく暑かったということだけだ。どの写真も眉根をギュッとしかめ、目を細めて刺激が強すぎる光線のほうを見ているものばかりで、手には椰子の実をまるごと一個持っているか、そうでなければコカ・コーラを持っている。帰りの飛行機で激しい乱気流に遭い、食事中にお皿が飛んで天井にぶつかったそうだが、私はこのことはまったく記憶にない。以来、祖父は二度と飛行機に乗ろうとしなくなったという。その後、たぶん台湾じゅうの子どもが同じだと思うけど、青少年期は大小さまざまな試験の無限ループにはまっているので、受験生の身分からいつまで経っても脱け出すことができない。大学に進学してもまたすぐに社会に押し出され、仕事は同じことを繰り返す堂々巡りの砂時計。忙しさにとりまぎれてまた一年が過ぎていく。国内旅行を数に入れなければ、感覚的にはもうずいぶん長い間、母といっしょに海外に行っていなかった。

今回の旅行を除くと、彼女たちは五、六回日本に行ったことがあるはずだった。こう言うと日本のことをよく知っているみたいだけれど、訪問先の大半は東京で、ほかは沖縄に一度（大型の定期客船に乗ったとき、ついでに加えられた旅程だそうだ）、それに印象にほとんど残っていない大阪が一回加わるだけだ。今回私たちが大阪城へ行って、天守閣の下まで歩いたとき、母はようやく、自分がかつてそこに来たことがあるのに、はたと気づいたのだった。多くの年配の人たちがそうであるように、彼女たちの以前の旅行はどれも団体旅行で、仲間は大半が親しい親戚友人だ。車に乗れば眠ったり歌を歌ったり、車を降りれば薬を買ったり寺院を見たりして、あっちにこっちに揺られているうちに、多くの観光スポットの名前と景色、スポットとスポットの間の相対的な位置関係が、だんだん曖昧模糊とした記憶にされていく。だから初めての個人旅行に、彼女たちは期待に胸を膨らませたのだが、いちばんの心配事は荷物が重量オーバーになったり、途中で歩けなくなったりしないだろうかということだった。そこで、普段はあまり運動をしない母が、出発前の数か月、特別に早起きをして自転車に乗り脚力を鍛えだしたので、私も家に帰って何度か付き合ってあげた。

旅行に行くニュースが伝わるや、彼女たちの友人は関西の報道が目に入ると、すぐに熱心にメッセージを送って知らせてきた。これらにはコンテンツファームの類から取って来たものがかなりあって、京都で必ず行くべき、食べるべき、買うべきといった情報は言うまでもなく、さらに、トップ10（あるいはトップ20）のお勧め観光スポットやスイーツの情報も頻繁に届いた。その中でダントツに恐ろしくて、夜中に夢から覚めて全身にこってり冷や汗をかいたのは、もちろん買い物代行の情報だった。そういうのにはたいがい怪しげなネットから複製した低解像度の写真がついていて、瓶入りの薬とかなんとか言っているけれど、缶に入ったキャンディーのようにも見えるし、しばらく眺めていると何やら原稿用紙とも緑豆ケーキとも思えてくる代物だった。出かける前に作っておいたＬＩＮＥグループが早速役に立った。私は彼女たちに、個人旅行を言い訳にして、乗り物の移動が大変だから、それらの薬や化粧品や奇妙で珍しいもの（中にはなんとダニ取りシートや子どもの鼻水吸引器まであった）の買い物代行は断るように助言した。

一昨年、私は関西に個人旅行に行ってきた。京都、大阪に十一日間滞在し、三種類の宿、つまりビジネスホテル、伝統的な町屋、マンションタイプの民宿に泊まった。今回は母と叔母を連れていくので、安全の観点から、あるホテルチェーンの四条店を選んだ。なかなか取りにくい三人部屋があったのと、アクセスがよくて、どの観光スポットに行くにも便利で、そのうえホテルの前にバス停があり、さらに付近には二十四時間営業のスーパーと何軒もコンビニがあったからだ。

母親を連れた個人旅行の鍵を握るには、まず第一に年配者の胃袋をつかまなくてはならない。私の母はコーヒー党で、朝食にコーヒーが欠かせない。さらに毎日アフタヌーンティーの時間をとってやれば、大いに点数が上がる。そして毎日同じメニューで飽きないように、ホテルの朝食券は最初からつけずに、モーニングセットのある喫茶店を事前にいくつか決めておいた。例えば、ホテルから歩いて行ける進々堂四条烏丸店、自転車で鴨川沿いに上ったところにあるスターバックス三条大橋店、さらに京都を離れる前日は、彼女たちの脚力が最低まで落ちているだろうから、ホテルを出てすぐタクシーでイノダコーヒ本店に直行する、という具合だ。朝はこれで解決したが、まだ午後が残っている。私は最新版の京都カフェガイドを購入して、観光ルートの途中にある店の中から、疲れて足を休めるときに入るお店の「お気に入りリスト」を作った。このほか、常に携帯しておくべき飴やお菓子も覚えておいて、もしトラブルが起きて時間通りに食事ができないときや疲れたときに、いつでもエネルギー補給ができるようにした。

二番目の鍵は、おそらくWi-Fiだ。私は事前に、通信速度が速く、なおかつ「かけ放題」の無制限ルーターをレンタルした。母と叔母には日台間で切れ目なく接続を楽しんでもらい、私が関空で列に並んでICOCA & HARUKAと嵐山トロッコ列車などのチケットを購入しているときも、彼女たちはネットをやりながらのんびり待つことができる。でも難点は、たえずスマホをいじる可能性があることだ。はたして天龍寺の曹源池庭園の前に座っているときでさえ俯《うつむ》きっぱなしだった（撮ったばかりのたくさんの写真を、すぐに効率よくチェックし、そのうえ友達に送信しているのだ）。嵐山トロッコ列車がトンネルを通過するスキや同じような景色が繰り返し始めたと感じたときが、すぐさまスマホをいじる絶好のチャンスになる。私はほとんど涙声で外の景色を見ようよと訴えた。小さいころ母親からテレビを見てはダメだと言われたものだが、大きくなると、こんどは母親にスマホをしょっちゅういじらせまいと気をもんでいる。三番目は、これが一番重要なことかもしれないけれど、年配者には四六時中、今どこにトイレがあり、次のトイレはどこになるかを教えることだ。

こうして出かける前に多すぎるくらいの有用無用な準備を済ませた。これより前に何度もいっしょに国内旅行をしたことがあったのに、それでも母を連れて海外に個人旅行をする不安感が猛烈な勢いで襲ってくるので、そこで私は大きなバッグを一つ買った。容量がものすごく大きくて機内持ち込みができる方形のバックパックだ。のちにこれはストレスを和らげてくれる実に素晴らしい選択だったことが証明された。そのバックパックが私のお供をして地獄の心斎橋を通っていたとき、中にはいっぱい薬や化粧品（すべて私のではない）が詰まっていたけれど、手は空いていたから、目の前の押し寄せる人の波をかきわけることができたのだった。

心斎橋といえば、大阪に行ってきたばかりのある叔母さんの推薦によって、この場所は早々に母の心の中の必ず遊びに行くべきリストに加わっていた。早朝から大阪城を大暴走し、つぎにタクシーで大丸デパートに行ってHARBSのミルクレープを食べ、デパートを出てから、私はここがそうだと教えた。彼女たちは数秒間言葉をとぎらせ、それから母が私におもむろに尋ねた、「橋は？」なんと彼女たちの頭の中で、心斎橋は一本の橋で、その上にドラッグストアがいっぱい並んでいるのだった。

毎晩ホテルに戻ったあとは、彼女たちと翌日の行程を確認した。気温や天気をチェックし、どれくらい歩かねばならないかも注意喚起して、自分も各観光スポットの開館時間を再度確認した。これだけやっていても、およそ四日目あたりで、母がやっぱり歩き疲れて少しばててしまった。私は二人に柔軟にやろうと提案して、手に握り締めている観光スポットたちを、それらのルートがどれほど完璧に美しく並べられていようとも、適宜取捨選択するのがいいと言った。その結果、彼女たちがいちばん楽しんだのは、実際はごく日常的なのんびりとくつろぐ京都の一日だった。自転車を借りて、四条大橋から鴨川沿いに上り、飛び石を渡ったり、列に並んで大福を買ったり、川岸でお茶を飲んだりした。時間をどっと無駄にしたけれど、反対に感覚の中までじんわり浸み込んでくるような、とても懐かしい午後のひと時になった。

二十六歳のときに私はタイに個人旅行をした。波止場に座り、小島へ向かう船を待っていたが、いつまでたっても船を出せる人数が集まらなかった。三時間むなしく待っているとき、突然自分の初めてのタイ旅行を思い出した。その年私は四歳だったから、当時の母もまた二十六歳のはずだった。私の出国経験は、同じ年齢の人たちと比べるととても早いけれど、のちに思い返すと、それは両親が離婚してすぐあとの気晴らしの旅行だったのだ。二十数年の時を隔てて、私は突然あのときの旅行の異様な雰囲気が何によるものだったのかを理解した。だからいつか母を連れて旅行に行きたいと思うようになったのだった。その後の旅行はいつも想像の母を連れていたが、ある日ほんとうの母を連れて外国に行った、それに叔母もいっしょに。母親を連れて旅行をするコツについて、最後に一つ補足してよければ、私が言いたいのは、常にやさしさを忘れない、ということだ。

リー・ピンヤオ（作家・劇作家・記者）二〇一五年／白水紀子訳

京都のパイプ

王聡威

　おととしの一月、恒例となっている年に一度の京都旅行に出かけた。残念ながら京都は珍しく暖冬で、この月の気温は冬季の観測史上最も高く、雪を見られなかった。大原のような山間部へ行った時だけ、地面に固い積雪が残っていたが、観光客用に店が作った雪だるまはすでに壊れていた。それでも我々のような南国から来た者にとっては極寒で、加えて一日中雨が降り続いていた。自由旅行ということもあり、私と妻は疲れを知らずに、またせっかくの貴重な京都の時間なので、雨の中を終日長い距離を歩いた。顔も買ったばかりの軍用コートも刺すように冷たい水滴で濡れ、厚い靴下と防水の登山靴を履いていても、足元から寒気がせりあがって来る気がした。

　その後、ついに疲れを感じて、路地に入り込んで、何かないかと見渡した。これが京都のいいところで、つい見過ごしがちな看板のかかる、古い時代を感じさせる小さなコーヒー専門店や喫茶店がいつでも見つかる。我々二人はその中に逃げ込んだ。ほぼ例外なく、（また運が良ければ）店の主人はたいていおじいさんかおばあさんで、時には二人でいることもある。これに加えて、簡単なカタカナと英語で書かれた、ラミネートの縁がほとんど裂けた一枚しかないメニュー、長いこと経ってコーヒーの渋が取れないコーノかカリタのドリッパーやサイフォン、湯気が噴き出している黒いプラスチックの柄のついたブリキポット、光沢の失せたスプーン、清潔だが模様が消えてしまったソーサー、木のテーブルと椅子と革張りのソファーがある。カウンターの後ろの厨房の壁には、この店を訪れた誰かが置いていった土産が宝物のように飾られている。

まず水を一杯飲んで、おじいさんかおばあさんがコーヒーを運んでくるまでの待ち時間に、タバコを吸い始める。時間がない時は紙タバコを吸うが、自分で巻くのが好きで、凍えて手が震えて巻く動作がきちんとできず、タバコの形にならずにガサガサ状態になってしまうこともある。少し時間がある時はパイプをふかす。寒い雨の日には伝統的な英国式ブレンドがお気に入りで、中にラタキアが配合されている。小さいけれどずっしりした自分のライターを持ち、乾いたタバコに火をつけると、熱と香りが口や鼻や顔を覆って、温もりと乾燥の味が脳裏から湿気や寒さを排除してくれる。手にしているパイプはいつも身に着けているものだが、実は数年前に京都の旅行中に買った。パイプを熱愛する私は、どこへ行ってもその地（国）で製作されたパイプを買って記念品とするが、日本製パイプは世界ではそれほど有名ではない。出発前にネットで検索してみると、京都屈指のパイプ販売店も地図上に明示されていた。四条の竹川シガー&パイプは、大通り沿いの店の外にタバコ製品の自動販売機が数台並び、店内は大量のタバコ製品、食物、飲料、酒類で埋め尽くされ、パイプは縦型の小さなケースに入っているだけで、しかもみな欧州製のパイプばかりで日本製が見当たらない。私は日本語があまりできないので、仕方なく用意しておいた資料を英語ができない店主に見せた。店主は少し困った様子で、この外国人がなぜ自分の店にパイプを、しかも日本製のパイプを探してやって来たか理解できないようだったが、しばらくして小さなケースから埃をかぶった包装箱を二つ取り出した。その中のひとつがまさに私が一番欲しかった柘《つげ》製作所の手作りの名品「加賀」だった。その時、私は今回の旅行でパイプを買う願いがかなった気がしたが、実はその数日後、ロフトという意外な場所の喫煙具売場でも、柘製作所のミズキという二番目に欲しかった製品を購入できた。

昨年も恒例の京都旅行に来たが、ロフトの喫煙具売場にはもうパイプがなく、河原町通のパイプ店で店主が厚いカタログを取り出して、私が買ったその二本のパイプのページを開いて、販売停止だと説明してくれた。本当かどうかはわからない（そのすぐ前に東京のアメ横のパイプ店の店主も同様のことを言っていた。だが、ネット上ではいまでも購入できる）。

昔からタバコを吸っている私にとって、それが京都を好きな理由のひとつだ。市内の大部分の道路では、いたるところにある古建築を保護するため、禁煙区域が明確かつ厳格に定められているが、多くの珈琲店や喫茶店内では自由に吸うことができる。面白いのは、広い店内が喫煙席と禁煙席に分けられていて、喫煙席はたいてい窓際のいい場所にあることだ。大学院時代にタバコを覚えたのは、単に頭をすっきりさせるためだったが、辛い勉強生活に抗う気持ちも少しあった。その時から実に多くの役に立たないタバコを吸ってきた。だがいまの私はそうするのが好きだ。つまり京都の冬に、雨の中を長い距離を歩き、凍えて震える指に挟んで、本当にやけどしそうになる火をつけると、タバコの葉が燃えて生じる高熱や、かすかな火の光や、芳しい香りが、まさに実在の存在として凍えてこわばった五官を優しく融かすのだ。これこそ最も原初的かつ有用なことではないか。

あるいは老舗の六曜社珈琲店で、京都在住の男性と同じように新聞一部、タバコ一箱、コーヒー一杯、しかも多めの白砂糖を入れて、頭を休ませてのんびりと何事もない午後を過ごす。あるいは、ある夜、京都の路地の地下にある客のまばらなジャズバー、ブルーノート京都で我々二組の夫婦のうち、私と同行している小説家高翊峰がそれぞれパイプに火をつけ、ジャコ・パストリアスのベースに耳を傾けながら（アルバムを選び間違えたのか、少々うるさ過ぎる）、ウイスキーのグラスを傾ける。カウンターの反対側に退勤したばかりのOLがいて、何かしゃべりながらキャッキャッと笑っている。あるいは、木屋町通のジャズINろくでなしは乱雑で狭く、演奏会のチラシや黒いレコードが溢れかえり、タバコの匂いが充満して、椅子も壊れるかぐらぐらするかで、文字通り無頼派ジャズバーだが、見知らぬ日本人客が私のふかしているファウエン社のパイプ、ツェッペリンを目にとめ、会話が始まる。あるいは、夜半に京都の宿で少しうなされて目が覚め、妻を起こしたくないので、暗い中でパイプとタンパーと珍しいAsuka Smoking Mixtureの「飛鳥」（これは昼に神戸を散歩中に買った新しいタバコで、もとは日本での配合だが、いまはデンマークで製造している）を手探りして、プラスチックのライターで少なめのタバコに火をつけて吸い、心を落ち着け、それ以上何かに心を痛めないように努める。

これが京都を好きな理由のひとつだが、他の京都ファンが挙げる理由とは一番違うかもしれない。残念ながら、この大好きなやり方は将来台湾では不可能になる（台湾の厚生省健康局は二〇一七年に「タバコ被害防止法」修正案を予告し、将来屋内の喫煙室規定を全面削除して、バーや夜間営業の店やシガー・バーが全面禁煙になる）。

ワン・ツォンウェイ（作家・編集者）書き下ろし／山口守訳

門外漢の見た京都

舒國治

ずっと以前から旅行に出ようと思うたびに、なぜか真っ先に京都を思い浮かべる。京都に着くと、いつも十数か所、二十数か所の場所を繰り返し巡り歩き、門外から中を伺い、塀の外に佇む。言ってみれば、自分は京都の門外漢なのである。

どうして京都へ行くのかと自らに問うてみたい気持ちはあるが、答えが出せるとは思えない。実際に存在したことのない「子ども時代の路地裏」を探し求めているわけではない。というのも、そうだとしたら、何度も京都を訪れ、門外や塀や水辺や橋の上にずっと立ち続ける理由がない。

時には明かりがともり始めた京都の某所の軒先に立って、外の小雨を眺めているうちに、ふと黄昏時の憂いを含んだ濃紺から、懐かしくかつ遥かなる哀愁の匂いを感じ取ることがある。

この哀愁は三十年前、あるいは五百年前にここに住んだ人の心の奥から湧いてくるような気がする。

京都へ行くのは「湖山一日主人と作《な》り、唐宋百年の過客を歴《ふ》る」（山東省済南の北極閣の対聯）ためだ。そう、他の地で消え失せて久しい唐代、宋代の情緒に浸るためである。唐詩の「清晨古寺《せいしんこじ》に入れば、初日高林《しょじつこうりん》を照らす。曲径幽処《きょくけいゆうしょ》に通じ、禅房花木《ぜんぼうかぼく》深し」（常建「破山寺後禅院」）の風景は、中国ではごく少数の古刹にしか見られないが、京都ではいたる所にある。杜牧の「南朝四《し》百八十寺《ひゃくはっしんじ》、多少の楼台煙雨《ろうだいえんう》の中《うち》」（「江南の春」）は、今日では京都でしか描けない。

我々が古代の風景を思い描こうとする場合、たいてい唐詩から想像する。唐詩の風景描写は山水を探求する視点へと導いてくれる。

それに、ある種の風景情緒は、京都で唐詩によって容易に喚起される。例えば「晩来天雪《ばんらいてんせつ》ふらんと欲し、能《よ》く一杯を飲むや無《いな》や」（白居易「劉十九に問う」）、あるいは「旅館誰か相《あい》問わん、寒灯《かんとう》独《ひと》り親しむべし」（戴叔倫「除夜、石頭駅に宿る」）、「旅館の寒灯《かんとう》独《ひと》り眠らず、客心何事《かくしんなにごと》ぞ転《うた》た凄然《せいぜん》」（高適「除夜の作」）だ。前者は雪を待ち望む詩で、わが台湾では四季がはっきりしないため実に得難い。後者の「旅館」の意味は、もともと木造の楼閣に就寝場所を提供する意だが、多くの華人は気軽に木造の旅館に宿泊することなど望むべくもなく、京都の旅館の貴重さにいっそう愛惜を感じる。

むかしの設備や物品は、他所ではとっくに存在しないが、京都には多く残っている。例えば柴の門がそうだ。王維の詩にある「日暮柴扉《にちぼさいひ》を掩《おお》う」（「送別」）、「杖に倚《よ》りて荊扉《けいひ》に候《ま》つ」

〔「渭川の田家」〕、「杖に倚《よ》る柴門《さいもん》の外」〔「輞川閑居、裴秀才迪に贈る」〕など、ここではごく簡単に見られる。

私が京都へ行くのは竹籬茅舎《ちくりぼうしゃ》のためだ。小さい頃からこの四文字に慣れ親しんでいるが、見たことはなかった。台湾にはもはや存在せず、大陸の農村でも見つけるのは簡単ではない。ところが京都にはまだたくさんある。昔から受け継がれてきた茶室（渉成園《しょうせいえん》の縮遠亭《しゅくえんてい》や漱枕居《そうちんきょ》など）や、茶道家の教授場所（不審庵、今日庵など）ばかりでなく、現在では一部の民家や小さな店（嵯峨野の寿楽庵や円山公園の紅葉庵など）でも、竹の垣根、茅葺の家をしっかり維持している。「竹径時《ちくけいとき》に有りては風掃《かぜそう》を為し、柴門事《さいもんこと》無ければ日常《ひつね》に関《とざ》せり」〔朱慶餘「帰故園」〕の二句こそ京都ではないだろうか。

私が京都へ行くのは田舎の稲田のためだ。全世界の大都市の中で、いまだに稲田があるのは京都だけではないだろうか。旅行者が古寺旧庵の参観に夢中になっても、ふと見れば立ち並ぶ田舎家の向こうに稲田が広がる。見渡せば稲田に風が吹き渡り、新緑の苗が生気を発している情景に興奮せずにいられようか。京都府立植物園から北山通を越え、北へ数分も行けば稲田がある。嵯峨野の清涼寺と大覚寺の間にもたくさんの稲田がある。奈良の唐招提寺では、塀のすぐ近くに稲田がある。大原の稲田は山の上の平地に連なっている。耕作にどれだけ骨が折れようが、維持に努めている。稲田と都市環境の共存はこの都市の清潔さと良質性を証明している。またこの町が利に走らないことを表している。四十年前の台北はすでに都市であったが、広範囲に稲田を見ることができた。良い時代は続かないもので、あっという間に様変わりしてしまった。

　私が京都へ行くのは、小さな橋や流れる水のためだ。パリのセーヌ川は美しいが、それは西洋的な石垣の見事さゆえだ。東洋の、どちらかと言えばはにかんだ川と言えば、祇園の北側の白川のような小川ということになろう。川面に佇む鶴、みんなに愛される巽橋《たつみばし》、橋の上を時折通りかかる芸妓、さらにいつ果てるともなく宴が繰り広げられ、灯が明滅する川べりに並ぶ店。夜の白川は光り輝く祇園の真珠であり、古き良き京都の宴と人生の写実と言えよう。白川をさらに北へ上り、三条通にぶつかれば白川橋だ。橋の上に立って望めば、晩秋には柿の木の曲がった枝が水の上に張り出し、葉がすっかり落ちて、わずかにひとつふたつの赤い柿が残った様子が、鏡のように澄んだ水面に映る。川岸の人家からこの情景を楽しむことができるとは、何とすばらしい生活だろう。各家の子どもたちが独立して家を出て、たまに手紙を寄こせば、あの柿の木はどうなったと訊くかもしれない。そのほかの小さな橋や流れる水で言えば、鴨川西側の高瀬川もあるが、最近は周囲があまりに賑やかすぎる。ほかに、上賀茂神社近くの明神川と川べりの社家がある。

　私が京都へ行くのは大きな橋と流れる水のためだ。孔子は川のほとりで「逝《ゆ》く者は斯《か》くの如きか。昼夜を舎《お》かず」（『論語』「子罕」）と嘆いたが、台湾でそうした川や橋を見つけるのは難しい。だが、京都にはいくらでもある。まず川について言えば、川の水はさらさらと、いつ果てるともなくどこまでも流れていく。大きな橋の上に佇んで、ずっと眺め続けることができる。昼に美しく、夜も美しい。こういう大きな橋では行き来する車両のせいで佇むことに不安を覚えることはない。それどころか、大きな橋はその上に佇むために建設されたように思えてくる。橋のたもとの欄干を見れば、寄りかかりやすく削られている。例えば三条大橋（鴨川）、出雲路橋（賀茂川）、宇治橋（宇治川）、あるいは古今無数の人が記念撮影した嵐山の渡月橋（保津川）。

橋のたもとに小さな店があって、川に隣接している。すばらしい伝統で、川沿いの物悲しさを感じさせない。映画『宮本武蔵』の中で、武蔵とお通が三年後の再会を約束した「花田橋」のたもとに小さな店があり、お通はその店で働くことになる。この橋と店の情緒は、今日の宇治橋とそのたもとにある通圓茶屋がまさにその趣を伝えているのではないだろうか。通圓《つうえん》茶屋の入口に碑が立っていて、宮本武蔵がここに立ち寄ったと書かれているらしい。

東から西へ三条大橋を渡ると、右手に内藤商店がある。百年あまりも箒《ほうき》を専門に扱う老舗である。考えてみれば、箒や刷毛がずらりと掛かっている店とは、何とも風流な橋のたもとの風景ではないか。

酸素のためである。京都は東、西、北の三方の山が密生した杉林に覆われ、水源が豊富なため、町の各川の水は滔々と絶えることなく、空気の流れが非常に良い。そればかりか、杉や檜のような温帯針葉樹は密生度が高いので、土や水の保持能力に優れ、新鮮な酸素を排出する。だから私は京都にいると口や鼻が気持ちいい。一番気に入っているのは、下鴨神社の「糺《ただす》の森」や、賀茂川のほとりや、嵯峨の大沢の池のほとりや、鞍馬山の森林を歩きながら、大きく口を開けて深呼吸することだ。南禅寺の南側にある琵琶湖疎水の水路閣は、九十メートルあまりの水路に沿って散歩していると、急流がぶつかって生じる新鮮な気流に加え、近くの山の樹木もあるので、私の「酸素の旅」の絶好の地点となっている。一番広い林の中の散歩といえば奈良公園だ。猿沢池から出発して東へ向かい、天まで届くような大木の道を歩く。林の中の旅館「江戸三」を通り過ぎて、春日大社の参道を東へ進み、春日大社神苑近くで北へ曲がって、墨の店「古梅園」を過ぎると二月堂へ着き、一服できる。台北人が外国の都市へ観光に出かけるとうれしくてたまらなくなるのは、外国の都市の良好な空気がその理由のひとつだ。台北の空気は悪化の一途をたどっている。京都周辺の山は標高こそ低いが、植物に覆われていて、渓谷が縦横に走り、空気や水の流れが良く、隈なく雨に恵まれている。そのため京都はどこも緑に覆われ、その緑もすべて鮮やかである。自然はいうに及ばず、京都は人も、各産業の労働者の顔を見れば生気潑溂としていて、極めて良好な空気を保つ都市であることがわかる。

私が京都へ行くのは眠るためだ。たいてい出発前の夜は寝ることなどできず、あれこれ忙しく、タクシーに乗って空港へ駆けつけ、出入国の手続きを終えて現地へ着くと、飛行機の移動に疲れ果て、疲労困憊している。わずかの時間を惜しんで、外であれこれ見物して、少しでも目に入れようとするが、実際には暗くなるとすぐに宿へ戻り、寝る算段をする。時計を見ればまだ七時、八時だが、特に用事もなく寝てしまう。

翌日。前夜早く寝たので、この日は夜明け前に起きだして出かける。夢中になって各地を遊び歩き、暗くなれば疲れ果てて、すぐにまた寝てしまう。起きればまた夜明け前だ。

このような二、三日が続くと、睡眠時間が長くなり、早寝でぐっすり眠れ、生まれ変わった気分になる。すこぶる元気で頭もすっきりする。体力を消耗するだけで、精神的な疲れはまったくない。こんなふうに遊ぶのだ。

毎日各地を巡り歩き、時には電車に乗ることがある。例えば京都駅から宇治へ行こうとすると、数駅しかない二十数分の短い距離にもかかわらず、ひと駅ふた駅で体を前後に揺らして居眠りを始める。ずっと座っていると、いっそう深く眠って、目が覚めなくなる。心地よい限りだ。ふと目を開けるともう六地蔵駅だ。慌てて自分に降りるんだぞと警告するが、依然として目が覚めない。ええい、面倒だ、もう寝てしまおう。こうやって寝てしまって着くのは奈良駅。プラットホームから出ないで、引き返す電車にそのまま乗って、ゆっくり座って帰る。

木造の古い集落に身を置くためだ。店に入ってものを食べたり、お茶を飲んだり、雑貨を買ったりする時でさえ、木造家屋内に身を置くことになる。京都で七日間か十日間を過ごせば、毎日そうなる。毎日そうやって食事する。古い木で編成された森林の中に身を置くようなものだ。ほかのいかなる場所でも、人は木とここまで親密にぴったり寄り添うことはできない。背もたれにしたり、その上に跪《ひざまず》いたり、毎晩その上で寝たりする。だから私は絶対に日本式旅館に宿泊して、毎晩イグサの匂いを嗅ぎながら眠る。夏の夜は、入浴の後に手酌でビールを飲みながら、障子をあけて階下の街の喧騒に耳を傾けるのだが、それはまるで映画『男はつらいよ』の寅次郎の旅先の心情に似ている。

私が「高瀬舟」(下京区西木屋町通四条下ル船頭町一八八)のような時代遅れの古い店で天ぷら定食を食べるのは、暗い小さな店の油じみた木のカウンターの片隅に背を丸め、宮本武蔵や落ちぶれた武士の当時の心境に自らを似せるためだ。

私が毎回、安政元年創業の「綿熊蒲鉾店」で揚げたてのさつま揚げ(基隆の廟口街と同じ種類で、いわゆる「テンプラ」ではない)をいくつか食べるのは、むかし台湾の子どもたちがみな食べたがった、懐かしい路地裏の味を口にすることができるからだ。

私が鞍馬寺から貴船神社へ続く古い杉林へと足をのばすのは、黒沢明の映画『虎の尾を踏む男達』の源義経や弁慶など正義の士が、難を逃れて山や峰を越えて進む林の中の道に自分の身を置くことができるからだ。

映画の中のむかしの情景を追体験するのも京都での面白い体験の一つだ。不審庵の西側の本法寺は書物には登場しないが、ある時ふと訪ねてみると、黄昏時の寂寥感がまさに溝口健二の映画の中の哀愁そのものだった。例えば『西鶴一代女』がそうだ。こういう場所を訪れると、それが偶然であったとしても、受ける感慨は名所旧跡より深く貴重である。

すぐ近くの西側にある本隆寺は紹介されることが多くて有名だが、景観は平凡だ。おそらく重要な史跡なので修復が繰り返された結果、凡庸になってしまったのだろう。荒涼とした本法寺の方がそれゆえにいっそう魅力的である。

京都にはこうした無名だが往時の魅力に富むちょっとした景観があちこちに潜んでいる。例えば三条通の東大路通西にある大将軍神社は、秋が深まると高くそびえる銀杏《いちょう》の葉が黄金色に輝き、砂地が掃き清められ、黄昏時にふと見れば、しばらく散歩したい気分になる。そばの三条保育所や児童公園を見て回るのも楽しい。先ほど近くの竹細工店「籠新《かごしん》」や「一澤帆布《いちざわはんぷ》」のような名店を回った時に感じたことなど、とっくに忘れてしまっている。

実際、京都は映画の大きな情景そのものだ。「古き時代」というドキュメンタリーをずっと演じ続けているようなものだ。町全体の人々がみなこの映画の中で動いている。この映画のために、夜ともなれば無数の灯がともされる。意図されたほの暗さの中、お盆で食事を運ぶ人、家の前で水を撒く人、和服を着て扇子を揺らしながらのんびりと橋を渡る人、暖簾《のれん》を持ち上げて腰をかがめながら客に挨拶する人、どの場面も映画の情景となる。しかもむかしからの情景だ。

数年おきにここへ来るのは芝居の中へ入り込むためだ。あたかもそれぞれの情景がわずかでも変更されているかどうかを確かめるように。月明かりの中、宇治川南岸の堤防を静かな夜に散歩すると、芝居がもう終わって人々がみな帰ってしまったことに気づく。一人残されて、梢越しに鳳凰堂の一角が見える。もしくは川面を見れば、波が清らかな光に輝き、橘島《たちばなじま》の松と砂がひっそりとそこにある。十数年前に初めて京都へ来た時は、目に入るものがみな映画のように見え、驚き称賛するばかりだった。通りに沿って歩くと、ある店で職人が竹細工に専心して、暗い片隅に老婆が座っていた。何と完ぺきな構図だろう。次の店では饅頭《まんじゅう》を作っている。粉をまぶされた白皮からおぼろげに豆の形が透けて見える。何歩も行かないうちに、和服を着た女将が入口まで客を見送りに出て、何度もお辞儀しているのを見かけた。そのまままっすぐ進み、通りの端まで来て角を曲がり、別の路地へ入ると、明かりがまばらになっても各家にはそれぞれの生業があり、それぞれの生計があった。湯葉をすくい上げる（「湯波半《ゆばはん》」）、カチンカチンと叩きながら刃を木の柄にはめ込む（「有次《ありつぐ》」）、叩いて作った銅の茶筒をはめるとぴったり同じ色になる（「開化堂」）、梯子を上って高い所から檜の洗面桶を下ろす（「たる源」）、竹の皮を付けた箸を何組もずらりと展示する（「市原平兵衛商店《いちはらへいべいしょうてん》」）、針金を網のように編んで食器を作る（「辻和金網《つじわかなあみ》」）、……自分のカメラのスイッチを切らない限り、まるで映画のようにいつまでも見ていられる。

映画を見ているような町。言うのは簡単だが、ちょっと考えてみれば、世界にそんな町は多くない。ヒューストンのように映画の情景が皆無の都市から突然京都にやって来たら、きっと仰天するだろう。あるいは、夢でなければこんなことはあり得ないと言うに違いない。

映画が好きなら京都へ来ないわけにいかない。

おいしいものや、心のこもったサービスや、質が良く美しい物が好きなら、もちろん京都はすばらしいが、仮に来なくてもまあよしとしよう。けれども映画鑑賞のように見るとしたら、世界で一番すばらしいのは京都だ。

なぜ買い物をせず、サービスも不要で、特に食べたいものがあるわけでもない門外漢が三回、五回、十回、二十回と何度も京都を訪れるのか。なぜか。それは見るためだ。

そのために私は京都の門外漢とならずにはいられない。

門外漢はただ外にいるだけで、中に入ったりしない。実は多くの場所には入ることができない。数えきれないほど何世代にもわたって意味深い日々を過ごしてきた家を、一軒一軒通り過ぎるだけだ。外から中を窺って、戸や窓の造形、格子の線を眺め、壁の色の濃淡、塀まで伸びた松の枝、客を歓迎するかのような柿の実を鑑賞し、水をまいた軒先の石畳みにそっと足を踏み入れる。戸の隙間から、あの一番見てみたいのに一瞥しか許されない、日本建築の中で最も称賛され、最も魅力的なほの暗い玄関を一目見る。

一軒一軒通り過ぎることは、京都における視覚の一大饗宴であり、ほとんど私の京都におけるテーマと言ってよい。

門外漢は全部の寺に入ったりしない。時には山門の外に佇むだけで十分満足だ。京都には寺院が何百何千とあることを知る必要がある。うまい具合に市内の各所に散らばっていて、気ままに通りかかってふと目をやれば、古色蒼然たる興趣が湧き起こり、市井の絶景地となる。しかも山門は京都の風景における最大の資産だ。あちこちに見える山門は、たとえモダンなビル群に取り囲まれていても絶好のビュー・ポイントであり、いにしえの情緒にいつでも浸らせてくれる。青蓮院の山門の外にある二本の曲がりくねった根の大木、知恩院の睥睨《へいげい》するようにそびえ立つ巨大な山門の見事な気勢。法然院《ほうねんいん》は山腹の密生した林の奥にあり、ほの暗い中に遠くから山門が見える。茅葺《かやぶき》屋根で目立たないが、近寄って見ると、慎ましやかさの中に威厳があり、門前に「不許葷辛酒肉入山門《くんしんしゅにくさんもんにいるをゆるさず》」と書かれた碑が立っている。金戒光明寺《こんかいこうみょうじ》の石段の上の仰ぎ見て止まない山門、嵯峨の釈迦堂（清凉寺）の路地奥に忽然とそびえる荘厳な山門などなど、その数たるや数え切れぬほどあり、山門というこの通路を通して中を窺えば、奥深くひっそりとしていて、無限の想像を呼び起こす。芝居の中で石川五右衛門が「絶景かな、絶景かな」と詠嘆した南禅寺の有名な山門だけでは決してない。一九五一年『羅生門』がベネチア映画祭でグランプリを獲得したことで、日本映画は初めて欧米の注目を浴びることになったが、映画の冒頭に登場する高くそびえ立つ荒れ果てた山門は、西洋人を驚嘆させる重要な要素だ。一部の寺院は必ずしも中に入れるわけではないが、山門を見るだけでもよい。例えば嵐山渡月橋近くの臨川寺《りんせんじ》は一年中大門が閉じられている。有名ではないが山門を見る価値のある寺院もある。出町柳《でまちやなぎ》駅近くの光福寺がそうだ。嵯峨野の二尊院について言えば、山門の前に坂道があり、奥深く慎ましやかで、寺内への想像を頗《すこぶ》るかき立てられるが、実際に拝観料を払って入ってみると、それほどぱっとせず、逆の山門の方が見事なくらいである。一番面白い山門といえば、京福電鉄のゆっくりした速度の電車に乗って、御室《おむろ》駅を通る時に見える、北側にそびえ立つ荘厳な仁和寺《にんなじ》の山門である。一般市民が乗る電車からその目を奪う美しさが鑑賞できるのだ。このように、山門を眺めるだけですでに要点を把握したことになり、十分なのである。慌ただしく次々に寺院を参観すると、往々にしてどの枯山水《かれさんすい》がどの寺にあったか、あるいはどの方丈にどういうすばらしい場所があったかわからなくなる。この点に注意しないと、せっかくの京都観光が無駄になる。

それに多くの寺院は観光客で溢れかえっていて入りにくい。清水寺、大原の三千院、奈良の東大寺などみなそうだ。一部の寺は場所が狭く、動線が規制され、ほかの人に従って動線に沿って歩くことになり、後ろから押されるようになって、詳細に鑑賞するどころではない。銀閣寺がその例だ。

門外漢は各寺院の門をくぐるだけで中へ入らないのが常だが、入る価値がないわけではなく、たまたま入ってみると意外な収穫があることもある。例えば久しぶりに龍安寺に足を踏み入れると、例の「枯山水」の石庭を鑑賞して、改めて十五個の石になぜあのような大小があるのか、なぜあのような配置になっているか深く考えて見ることになる。さらに背景となっている、色褪せてはいるが気勢みなぎる黒い斑模様の長塀に注目すべきことがわかる。褪色した塀は、私が初めて見てからわずか十数年の間にいくらか剝落してしまっている。一九四九年の小津安二郎監督『晩春』の画面とは大違いだ。さらに金閣寺でも、水上の金閣は美しいが、池のあちこちに見える石山、小島も見応えがある。十数年の間に金閣寺の石には苔が生え松が伸び、識別しがたい美しさをいっそう醸成して、どの石も、どの松も宝物だと言いたくなる。だが、門外漢がこの二つの寺を訪れるのは真冬の一月か二月でなければならない。観光客が少ないからだ。

門外漢にとって寺院の一番の美しさは、古寺の形や構造の大略にある。例えば山門の角度や外形、本堂を遠くから眺めた時の奥行の比率、高くそびえた塔を近くから見ることができず仰ぎ見る面白さ、どこまでも続く頽然《たいぜん》とした塀、寺内の正方の建物と不釣り合いなねじ曲がった樹木……などなど。必ずしも本堂の斗組《ますぐみ》の精巧さや、仏像の金漆工芸の華麗さなど細部の称賛にあるわけではない。この点からいえば、寺院に入る時は大まかに見るだけでも個人的には十分楽しく、堂の中に入って見ようなどと考えたことはない。例えば特別な季節に数日間だけ公開される堂の奥に、狩野派の襖絵とか、小堀遠州《こぼりえんしゅう》（一五七九―一六四七）の枯山水庭園とか、誰それの茶室とかがあると聞けば、私のような門外漢でも拝観料を払って中へ入ることがあるが、さほど心に残る感慨もなく、結局しだいに入らなくなる。

次へ次へと多くの寺院に入らないのは、別に拝観料が惜しいからではない。拝観料を設定するのは、そこに詳細に鑑賞する場所があることを何となく伝えているのだ。もしせわしなくおよそを見るだけなら（多くの観光客はそうだが）、見終わるとすぐに印象も消え失せてしまうので、いっそ入らない方がいい。

拝観料があると、人はどうしても期待が高くなりがちである。入って一瞥して自分の期待に合わないと（景物が本当に良くないとか、深淵さを実感できないとか）、その分かえって不満が大きくなる。これが京都における「拝観料感情」というもので、数日間に多くの寺院を見て歩く急ぎ旅の旅行者が経験することが多い。門外漢なら、寺内に入って国宝をじっくり鑑賞する気などなく、美しい景色の先にあるものや建物の美しい外観に見取れて夢中になるだけなので、おのずと拝観料など考慮の対象外である。

　金を払う価値のない所は確かにある。明神川近くの社家に西村家別邸があり、拝観料五百円だが、何も見るべきものはない。銀閣寺そばの白沙村荘《しらさそんそう》は八百円が必要だが、特に珍しいものはない。落柿舎《らくししゃ》は風格があるが、中があまりに狭くて、百五十円と安くても、塀の外から眺めた方がいい。実際に入って見ると、一分後には見るべきものもなく、仕方なく出て来るほかなく、ひどく興ざめな気持ちにさせられる。西側の常寂光寺《じょじゃっこうじ》は拝観料三百円と安いが、寺内に見るべきものがある。その北側の二尊院は拝観料五百円だが、常寂光寺には及ばない。金を払う必要がなくてもすばらしい所はたくさんある。渉成園がそうだ（喜捨《きしゃ》は必要だが）。園内の東屋や橋はとても美しいが観光客がおらず、拝観料を取らない効果が表れている。東福寺の塀の外にある臥雲橋《がうんきょう》は無料だが、拝観料を払わないと見られない通天橋《つうてんきょう》と比べても遜色ない。三年坂の脇の青龍苑《せいりゅうえん》は山や石が幾重にも重なって、池も美しく、山の上下にあるいくつかの茶室は遠くから好き放題眺めても無料で、すばらしい景観である。

　拝観料を払ってでも行かなければならない寺は、清水寺、高台寺、銀閣寺、大徳寺、金閣寺、龍安寺、仁和寺、天龍寺などだ。一方、無料だが行くべき寺は、南禅寺、知恩院、永観堂、法然院、真如堂、金戒光明寺、建仁寺、智積院、東西本願寺、東福寺、及び百万遍の知恩寺である。実際、無料であればあるほど、何気なく一瞥してそそくさと通り過ぎ、概観するのが容易になる。そうすることで、言葉で表現しがたい、もっと言えば夢幻に似た趣を感じ取れる。これこそが最も貴重なのだ。つまり、黄昏時にある寺を通りかかり、中の様子を見に入って庭内をざっと回り、暗い中で暫し眺める理由となる。

神社はすべて拝観料を取らないが、寺と同じように広大な景観で、建築物も美しい。その形と構造はより日本本来の趣を持つが（寺院はこれと比べると「中国情緒」がある）、鳥居は見てすぐにわかる。さらに別の建築物もある。例えば上賀茂神社の細殿は周囲に囲いがなく、演奏や講演のための舞台のように床を高く作ってあり、荘厳かつ美しい建築である。大きな神社にもあるし、時には地域の忘れ去られたような小さな神社にもあり、古びてすたれた趣すらある。神社にはさらに別の建築物がある。絵馬所と呼ばれる古色蒼然とした大型の東屋で、休息場所でもある。北野天満宮の絵馬所は毎月二十五日に骨董市があり、様々な老人がここに座っている。

京都の屋根もまたこの上ない風景資産である。軒が延々と連なり、高い所から一瞥しただけで、その巧みな造形美に驚嘆する。一九五三年の溝口健二『祇園囃子《ぎおんばやし》』の冒頭で、カメラが高い所からゆっくりと東山近くの家々の屋根にパンしてくるが、その間にある高いものといえば塔であり、古色完璧な絶景都市と言える。ところが伝統的な町屋が減少して（それでもまだ二万戸あまり残っている）、黒瓦が西洋式高層家屋の平屋根に取って代わられたのが誠に残念だが、つまるところ寺院参拝者が多いおかげで、屋根の壮観がまだ多く残されているのが慰めと言えよう。

京都の花もまた天下の一景である。古くより文人墨客のみならず、市井の民衆も花を愛でる楽しみを享受してきた。京都は四季がはっきりしていて、どの季節にも特別な花が咲く。春の桜、秋の紅葉は言うまでもなく、多くの観光客がそのためにここへやって来る。四月の霊鑑寺《れいかんじ》の椿、五月の平等院のツツジ、六月の三室戸寺《みむろとじ》のアジサイ、七月の養源院のサルスベリ、一月の北野天満宮の梅などなど、あまりに多く、私のような門外漢はしばしば煙雲の眼前を過ぐるが如く、さほど賞嘆の情緒を得られない。「花」自体はそれとなく京都との言い難き関連を感じさせ、古詩と強く結びつく。「春城《しゅんじょう》処として花を飛ばさざるは無し」〔韓翃「寒食」〕という詩は、不思議なことにまさに京都らしい感覚を与えてくれる。もちろん京都はもともと花の町である。「落花の時節、又君に逢う」〔杜甫「江南にて李亀年に逢う」〕、「去年花裏《かり》、君に逢うて別れ、今日花開いて又一年」〔韋応物「李儋に答う」〕、「花は高楼に近くして客心を傷ましむ、萬方《ばんぽう》多難此に登臨す」〔杜甫「楼に登る」〕、「花径《かけい》曾て客に縁りて掃わず」〔杜甫「客至る」〕などなど、多くの「花の情景」はみな京都に似つかわしく、美しさを極める。

私が京都で行なう最も主体的な行動といえば歩くことである。各所の古寺名刹に入らずとも、道を気ままに歩くだけで、京都は最高の都市と言える。南禅寺の参道から西へ向かって南禅寺総門を出る道（その間に「瓢亭《ひょうてい》」がある）。東大路通より東側の春日北通を東にまっすぐ進むと金戒光明寺の山門に着く。これが私のよく歩く道だ。

御池通《おいけどおり》より北、烏丸通《からすまどおり》より東、丸太町《まるたまち》より南の商業地区（「一保堂《いっぽどう》」や「本家尾張屋」、家具の街である夷川通《えびすがわどおり》などがある）は、老舗がいたる所にあり、見て歩くのに最適である。

京都の門外漢としては、常にぜひとも道を歩きたい。もし歩かないとすれば、あまりに多くのすばらしい風景を目にすることができない。例えば東山。円山公園から南に向かうと、野外音楽堂の南側に芭蕉堂と西行庵が目に入る。私の言う京都の「竹籬茅舎《ちくりぼうしゃ》」感がある。そこからさらに南へ「ねねの道」をたどると、西に「元奈古《もとなご》」、「松春《まつはる》」、「力彌《りきや》」などの旅館があり、東に茶房「洛匠《らくしょう》」、「東山工芸」があり、店先は古雅なたたずまいの好例である。「洛匠」に腰を下ろす時間がなくても、中庭の滝や花や錦鯉を見るだけでも楽しい。桶や腰掛を扱う「東山工芸」は貧乏紳士の小店風だが、見上げると額に「鳶飛魚躍《とびとびうおおどる》」と書いてあり、その志や小さからぬことがわかる。旅館「力彌」の入口にはこぢんまりした可愛い待ち処がある。圓徳院《えんとくいん》は現在常時開放されていて、北庭が特にすばらしい。小堀遠州の手になると言われるが、入らなくても構わない。門外漢なのだから。しかし西へ進む石塀小路《いしべこうじ》は歩かなくてはならない。東から西へ曲がりくねって進む二分ほどの距離を、私はいつも二、三十分かけて、慈しむように鑑賞しながら、去りがたい思いで歩く。この小道は静寂に包まれているが、いわれのある店が結構多い。旅館「田舎亭《いなかてい》」もここにある。ここは門や庭や建物のしつらえが見事で、樹木の姿も美しく、いつまでも見飽きない。

さらに南へ行けば、二年坂、三年坂と古来天の賜物と言うべき美しい坂道だ。両側の店は暖簾も洒落ていて、道を歩いていると何やら得意な気持ちになるが、別に焦って店に入る必要はない。中国の黄山は奇岩絶景だが、そのふもとには清水寺下の二年坂や三年坂のような古風な店などなく、溜飲が下がる気分には浸れない。

青龍苑の周囲は今では多くの店に取り囲まれているが、苑内の山水が見事だ。ここは拝観料を取らないが、その景色はほかの多くの名園に決して引けを取らない。高所に作られた樹木や石がよくできているばかりか、いくつかある茶室、高低の段差、大小の趣など、ほかにはない美しさがある。

八坂《やさか》の塔前後の小道にも人家や商家の美しい風景があり、ゆっくり歩いてじっくり見る価値がある。「文《ぶん》の助茶屋《すけぢゃや》」の小さな庭の腰掛に座ってかき氷を食べると、のんびりと田舎の気分が味わえる。

すでに哲学の道へ行ったことがあるなら、京都から南へ電車で二十分のところにある宇治へ行ってみることを勧める。宇治川の両岸を散歩すると、川の水がさらさらと音を立てて流れているが、岸辺の道はとても静かで、家屋も美しい。平等院や源氏物語博物館に入らずとも、あるいは「対鳳庵《たいほうあん》」で抹茶を飲まなくとも、身も心も楽しく、胸洗われる思いがする。

京都には私がこの世で最も優れた散歩の同伴者と見なす絶好の壁の光景がある。それは長塀である。長塀はたいてい土塀で、色が程よく、質感も心地よい。塀に沿って道を行く時、できるだけ長く歩き続けられ、切れないでほしいと願ってしまう。時には塀に執着するあまり、塀の中の寺院に入る気が失せてしまう。塀があるからこそ、京都の夜はいっそう美しく、情趣に満ちている。満月の夜、地上の長塀に映えて月は孤独に見えない。（拙文「京都の長塀」参照）

嵐山の散歩は天龍寺の北門の大きな竹林から出発して、北へ向かって常寂光寺、祇王寺《ぎおうじ》、化野念仏寺《あだしのねんぶつじ》を目指し、さらに瀬戸川の北側に沿って東方の大覚寺に向かうのがよい。いたる所に稲田や家々の菜園が見え、大沢池のほとりでゆっくり休憩できる。

嵐山へ行くには電車に乗るべきだ。JR嵯峨野線の線路は二、三階建ての高さにあり、高い所から滑走するように京都を眺められるのがいい。京都駅を出てすぐ、北側に梅小路公園の広い緑地がある。ガイドブックに詳述されているわけではないが、旅行者が車窓からちょうど一瞥できる。朝八時過ぎの電車だと、乗客の七割が最初の丹波口駅で降りて、工業地区へ出勤に急ぐ。ここより西側は京都で一番見栄えのしない地域で、そもそも旅行者が来ることはない。ふたつ目の二条駅の東方に二条城が見える。三つ目は円町駅《えんまちえき》だ。四つ目の花園駅に近づくと、北方に一面荘厳な屋根の連なりが目を引く。有名な妙心寺だ。電車が花園駅に停車すると、北正面に法金剛院《ほうこんごういん》があり、私は「車窓の絶景」と呼んでいる。西北に見える一面緑の山腹が双ヶ岡《ならびがおか》だ。京都で四、五日ハイライトを楽しんだ後なら、この花園駅へ遊びに来るといい。電車はさらに西へ向かい、南に美しい屋根が見えてくる。広隆寺である。電車はしばらくすると目的地の嵯峨嵐山駅に到着する。もうひとつ楽しみの秘訣があって、それは電車が嵐山駅に到着しても降りないで、そのまま亀岡方面へ行く手だ。保津峡《ほづきょう》を通る時、車内から渓谷を流れる保津川の急流を見下ろすことができる。一瞥であっても眼福となる。亀岡に着いたら駅を出ずに折り返し電車に乗れば嵐山へ戻ることができる。

四条河原町は人を見るのに適した場所だ。日本の若い女性は寂寞の代名詞である。道を歩く時、永遠に不明の地へ向かっているかのようだ。行きたい場所があるのではなく、ひたすら歩く。口から言葉が発せられることなく、ヘアスタイルと顔の化粧でその寂寞を表現している。彼女自身と美しいヘアスタイルや長時間かけた化粧が互いを守っているのだ。彼女に言葉はない。

時に私は賀茂川べりで、冷え冷えとした川面の寒風に、今日はひょっとして雪が降るかもしれない予感がして、思いきって出町柳駅そばの「おにぎり屋さん」（左京区田中上柳町五十三番地）でおにぎりをいくつか買って、叡山《えいざん》電鉄に乗る。のんびり小さな電車に揺られて三十分で鞍馬《くらま》に着く。途中車窓からもう比叡山の山頂の銀色に光る雪が見えている。鞍馬に着くと雪だ。おにぎりを食べながら、行きかう旅行者が温泉で使ったばかりのタオルを首に巻いているのを目にすると、フーテンの寅さんも来たことのある場所のように思える。ああ、なんとすばらしい冬の日の午後だろう。

わざわざ中へ入らず、ずっと門外に立ち続けるこうした場所こそ、私にとって最も新鮮な場所であり、何度も何度も深淵さと、永遠に飽きることのない魅力を最も感じる場所である。最後にそれを一冊の小さな本にまとめ、そうした眺望と、一瞥と、大まかな観察を通じた京都を専門的に詳しく語りたい。そして日本語がわからないことによる驚喜と推測を語り、ひたすら享受した異国の風雅を語り、電話がなく知人もおらず、追放されたようなある種の寂寞を抱いた、気ままな遠方の旅人の感情をもっと語りたい。

シュ・クオチ（作家）二〇〇六年／山口守訳

編者あとがき

台湾作家にとって〈日本〉は重要な創作テーマの一つであった。台湾と台湾人にとって、〈日本〉とは何か？　台湾作家はいかに〈日本〉を見、〈日本〉を描いてきたのか？　本書はこのような問題意識から出発した。

きっかけは、勤務先の国立政治大学で二〇一四年と二〇一七年の全二回にわたる日・台・韓、三国の作家会議であった。二〇一七年に参加された多和田葉子さんは、その後、『日本経済新聞』のコラム「プロムナード」で随筆「台湾の月台」を発表した。多和田さんの独特な言語センスと豊かな感性で台湾旅情が綴られた珠玉の短篇である。拝読しているうちに、台湾作家の日本紀行が何篇か脳裏に浮かんだ。

調べていくうちに、一九五〇年代から八〇年代生まれの作家が、〈日本〉というテーマについて書き続けてきたことに気づいた。しかし、これまでにそれらがまとめられたことはなかった。そこで、各世代の代表的な作家が日本への旅を通して、日本文化を独自に考察しているものや現在の姿をとらえた優れたエッセイ十八篇を収録し、日本の読者に伝えることを目指すことにした。

壮年世代は、過去の歴史的遺産（ポジティブなものにせよ、ネガティブなものにせよ）を背負っていて、呉明益「金魚に命を乞う戦争──私の小説の中の第二次世界大戦に関するいくつかのこと」のように、既存の日本像と葛藤しながら対話している傾向がみられる。それに対して新世代は、黄麗群「いつかあなたが金沢に行くとき」のように、客観的に日本をとらえることを試み、日本文学や文化と内面的な対話をしようとしている。

地理的な面から見れば、東北、東京から関西、九州までが作品の舞台となっており、さらに主題的には、「旅」を主としている紀行文というだけでなく、日本史、日台関係史、宗教、言語、文化交流まで、様々なテーマが認められる。

京都や飛騨高山、高野山などの寺院を参拝し、日本の伝統文化に触れたものや、三島由紀夫『潮騒』の舞台を訪れたもの、大阪弁について綴ったもののほか、東京でのお花見、東日本大震災に遭遇した経験やその後に東北を訪れた紀行文など、訪れた地域も様々で、ユーモアに溢れている。

日本の読者は、台湾作家たちの目を通して、日本の知られざる一面を知ることになるだろう。そして自分たちの文化や習慣を新たな目で捉え直すきっかけになることを期待したい。

収録にあたって、作品の執筆者と版元には直接連絡を取り、承諾を得た。翻訳は、白水紀子先生と山口守先生が分担して行なった。女性作家は白水先生、男性作家は山口先生が担当した。

各篇の最後に訳者名を記した。翻訳作業については、訳者が個別に翻訳を進め、草稿が完成した段階で編者を交えて検討を行ない、大きな問題については見解を統一した。

本書の出版は、政治大学の同僚であり、執筆者の一人でもある柯裕棻さん、それから黄麗群さんがいなければ、まず不可能だっただろう。二人のエッセイに描かれた日本に魅了されて、本書のインスピレーションを貰い受けたといっても過言ではない。また、企画の段階においても、二人の力を借りて、さまざまな困難を乗り越えられた。それから、研究者としても翻訳者としても憧れの存在であり、大先輩である白水紀子先生と山口守先生には、この企画を提案した当初からご快諾くださり、翻訳をご担当くださったことに感謝している。本書は、最強の翻訳者に恵まれたと自負している。それから、白水社の及川直志社長と編集担当の杉本貴美代さんのサポートと支援があったからこそ、本書が誕生しえた。事務連絡と資料調査では、張詩勤さんと呉宗佑さんにいろいろ手伝ってもらった。そして林佩蓉さんの斡旋によって、台湾文学館の出版助成金の支援も得られた。この場を借りて、上記の方々に深謝の気持ちを伝えたい。

二〇一八年十一月五日　　指南山麓にて

呉佩珍

飛騨国分寺で新年の祈り／「在飛驒國分寺，新年許願」書き下ろし
甘耀明（カン・ヤオミン／かん・ようめい）
一九七二年、苗栗出身。作家。二〇〇二年に発表した短篇小説六篇が続けて国内の文学賞を受賞、〇三年に初めての短篇小説集『神秘列車』を刊行。〇九年、長篇小説『殺鬼』が「中国時報」年間ベストテン賞などを受賞、新世代作家の代表作として高く評価されている。邦訳『神秘列車』『鬼殺し 上・下』『冬将軍が来た夏』（以上、白水紀子訳、白水社）。

思い出のかけら／「黑雪，鳥羽，可睡齋，高橋染物店」『知影』（木馬文化、二〇一五年五月）
孫梓評（スン・ツピン／そん・しへい）
一九七六年、高雄出身。作家・詩人・編集者。大学時代、文学創作アトリエ「紫石作坊」に参加し、さまざまなジャンルの創作活動を始めた。九七年に初めての長篇小説『傷心童話』を刊行。長篇小説『男身』、エッセイ集『知影』、詩集『善遞饅頭』など、二十冊以上の著作がある。現在、自由時報文芸欄の編集長。

寺院の日常／「佛寺日常」『旅飯』（二〇一五年八月二十日、二十六日）
柯裕棻（カ・ユゥフェン／か・ゆうふん）
一九六八年、台東出身。作家・エッセイスト。一九九七年に短篇小説「一個作家死了」で時報文学賞を受賞。エッセイ集『甜美的剎那』、『浮生草』、『洪荒三疊』、短篇小説集『冰箱』などがある。女性の視点で都会生活の断片を描く。

いつかあなたが金沢に行くとき／「去金澤」『旅飯SEE』第7期（二〇一六年三月十日）
黃麗群（ホワン・リーチュン／こう・れいぐん）
一九七九年、台北出身。作家。二〇〇五年以後、時報文学賞、聯合報文学賞、林栄三文学賞など、十年続けて文学賞を受賞した。一二年に最初の短篇小説集『海

邊的房間』を刊行。エッセイ集『背後歌』と『感覺有點奢侈的事』、カメラマン郭英聲の半生を描いた『寂境：看見郭英聲』がある。

最高の季節／「最好的季節」『十三座城市』（馬可孛羅、二〇一〇年五月）
王盛弘（ワン・ションホン／おう・せいこう）
一九七〇年、彰化出身。作家・編集者。九七と九八年に短篇小説で台湾省文学賞など複数の文学賞を受賞し、九八年に初めてのエッセイ集『桃花盛開』を刊行。エッセイ集『慢慢走』、『關鍵字：台北』、『大風吹：台灣童年』など、十冊の著書がある。

はい、私は日本へお花見に行ったことがないんです／「沒有，我沒有去過日本看櫻花」『旅飯 SEE』第８期（二〇一六年三月三十日）
江鵝（ジャン・オー／こう・が）
一九七五年、台南出身。作家。二〇一四年に最初のエッセイ集『高跟鞋與蘑菇頭』を、一六年に二冊目のエッセイ集『俗女養成記』を刊行。女性の生活や生き方、人間関係の描写を得意とする。

「あの時」、僕は東京にいた／「「那個時候」，我滯留在東京」『旅飯』（二〇一五年九月十六日）
陳柏青（チェン・ポーチン／ちん・はくせい）
一九八三年、台中出身。作家。二〇〇八年にエッセイ「KTV暢遊指南」で聯合報文学賞を受賞。一一年に長篇小説『小城市』で九歌兩百萬文学賞及び全球華語科幻星雲賞をダブル受賞。エッセイ集『Mr. Adult 大人先生』がある。

羊をめぐる冒険／「尋羊冒險記」ブログ『我們甚至失去了黃昏』（二〇一三年七月）
胡慕情（フゥ・ムゥチン／こ・ぼじょう）
一九八三年、台北出身。ノンフィクション作家・記者。台湾立報、台湾の環境運動と社会運動に携わるフリージャーナリストを経て、現在、公共テレビ局ジャーナリスト。二〇一五年、ルポルタージュ『黏土：灣寶，一段人與土地的簡史』を刊行。

仙台の思い出／「仙台記事四則」『名為我之物』（麥田出版、二〇一七年五月）
盛浩偉（ション・ハオウェイ／せい・こうい）
一九八八年、台北出身。作家。交換留学のため、日本に二度滞在していた。大学院での専門は日本統治期の漢文学研究。二〇〇七年、短篇小説「父親」で台積電青年学生文学賞一等賞を受賞。一七年、初のエッセイ集『名為我之物』を刊行。

熊本城とは／「且說熊本城」『旅飯』（二〇一六年四月十八日）
朱和之（チュ・ホーチ／しゅ・わし）
一九七五年、台北出身。作家。主に歴史小説を執筆。明清史が専門。二〇一一年、『滄海月明：找尋台灣歷史幽光』で台北国際ブックフェア大賞受賞。一六年、日本統治時代に太魯閣で発生した事件を描いた『樂土』で全球中国文学星雲賞の歴史小説賞一等賞を受賞。

金魚に命を乞う戦争／「一場向金魚跪拜以求生的戰爭」『人社東華』（二〇〇五年六月）
呉明益（ウー・ミンイー／ご・めいえき）
一九七一年、台北出身。作家・エッセイスト。九七年、短篇集『本日公休』でデビュー。自然エッセイ『迷蝶誌』、長篇小説『睡眠的航線』、『複眼人』、『單車失竊記』、短篇集『天橋上的魔術師』、写真評論・エッセイ『浮光』など多彩な執筆活動を行なう。「中国時報」年間ベストテン賞、台北国際ブックフェア大賞など受賞多数。邦訳『歩道橋の魔術師』（天野健太郎訳、白水社）、『自転車泥棒』（天野健太郎訳、文藝春秋）。

美女のように背を向けて、あなたと話す。あの冷たい日本語で／「像美女背過身去，跟你講話：終於清冷的日本語」『旅飯』（二〇一六年六月二十日）
盧慧心（ルゥ・フイシン／ろ・けいしん）
一九七九年、彰化出身。作家・劇作家。二〇一三年、「車手阿白」で台北文学賞を、一四年に「一天的收穫」で時報文学賞を受賞し、一五年に初の短篇小説集『安靜肥滿』を刊行。人情の洞察に基づいた、繊細な感情の描写を得意とする。

阪堺電車の時間／「阪堺電車的時間」書き下ろし
伊格言（エゴヤン／いかくげん）
一九七七年、台南出身。作家。二〇〇一年、短篇小説「龜甕」で聯合文学小説新人賞を受賞。〇三年、短篇小説集『甕中人』、一〇年、長篇小説『噬夢人』、一三年、短篇小説集『拜訪糖果阿姨』を刊行。長篇小説『零地點 GroundZero』で呉濁流長篇小説賞と華文SF星空長篇小説賞をダブル受賞。邦訳『グラウンド・ゼロ――台湾第四原発事故』（倉本知明訳、白水社）。

日暮れの日暮里／「日暮日暮里」『白馬走過天亮』（九歌、二〇一三年六月）
言叔夏（イェン・シューシャ／げん・しゅくか）
一九八二年、高雄出身。作家。二〇一一年、「白馬走過天亮」で林栄三文学賞を受賞。一六年に初めてのエッセイ集『白馬走過天亮』を、一八年に二冊目のエッセイ集『沒有的生活』を刊行。日常の些細な出来事や生活体験を創作の主なテーマとしている。

夫と子どもを捨てて、何もしないで過ごす革命の旅／「拋夫棄子，無所事事，像我們這樣的後中年旅行啊」『旅飯』（二〇一五年十二月）
劉叔慧（リゥ・シューフイ／りゅう・しゅくけい）
一九六九年、台北出身。作家・編集者。小説、エッセイ、詩など幅広く創作する。九四年、「仲夏之死」で教育部文芸創作賞を受賞。九五年、「夜間飛行」で聯合文学小説新人賞を受賞。エッセイ集『夜間飛行』、『病情書』、『單向的愛』など。現在、日初出版社の編集長。

母を連れて京都へ行く、ときには叔母さんもいっしょに／「帶你媽去京都玩，有時還有阿姨」『旅飯 SEE』第4期（二〇一五年十一月二十六日）
李屏瑤（リー・ピンヤオ／り・へいよう）
一九八四年、台北出身。作家・劇作家・記者。二〇一五年に脚本『無眠』で「牯嶺街小劇場為你朗讀新銳劇本」入選。一六年に長篇小説『向光植物』を刊行。性差問題に高い関心を持ち、女性が置かれた社会状況を描くのを得意とする。小説、エッセイ、詩など幅広く創作している。

京都のパイプ／「京都菸斗紀」書き下ろし
王聡威（ワン・ツォンウェイ／おう・そうい）
一九七二年、高雄出身。作家・編集者。九九年、短篇小説「SHANOON 海洋之旅」でデビュー、『八十七年短篇小説選』に収録される。二〇〇五年、短篇小説集『稍縱即逝的印象』を刊行。〇八年、長篇小説『濱線女兒――哈瑪星思戀起』で巫永福文学賞などを受賞。一六年、『生之靜物』を刊行。雑誌編集者としても活躍。現在、文芸誌『聯合文学』の編集長。邦訳『ここにいる』（倉本知明訳、白水社）。

門外漢の見た京都／「門外漢的京都」『門外漢的京都』（遠流、二〇〇六年二月）
舒國治（シュ・クオチ／じょ・こくじ）
一九五二年、台北出身。作家。八〇年、短篇小説「村人遇難記」で時報文学賞を受賞し、一躍文壇の脚光を浴びる。エッセイ集『臺灣重遊』、『理想的下午：關於旅行也關於晃蕩』、『門外漢的京都』などがある。紀行エッセイを得意とする。

＊本文中の情報は原稿執筆当時のものです。

［編訳者略歴］

呉佩珍（ご・はいちん）

1967年、台湾・高雄生まれ。国立政治大学台湾文学研究所准教授。筑波大学文芸言語研究科博士（学術）。専門は日本近代文学、日本統治期日台比較文学、比較文化。東呉大学日本語文学系助教授の教歴がある。国立政治大学台湾文学研究所所長。

著書に『真杉静枝與殖民地台灣』（聯經出版）、訳書に、Faye Yuan Kleeman『帝國的太陽下』（*Under an Imperial Sun: Japanese Colonial Literature of Taiwan and the South*, University of Hawaii Press, 麥田出版）、津島佑子『太過野蠻的』（原題：あまりに野蛮な、印刻出版）、丸谷才一『假聲低唱君之代』（原題：裏声で歌へ君が代、聯經出版）、柄谷行人『日本近代文學的起源』（原題：日本近代文学の起源、麥田出版）など。

白水紀子（しろうず・のりこ）

1953年、福岡県生まれ。東京大学大学院人文科学研究科中国文学専攻修了。横浜国立大学大学院都市イノベーション研究院教授。専門は中国近現代文学、台湾現代文学、ジェンダー研究。北京日本学研究センター主任教授、台湾大学客員教授を歴任。

台湾文学の訳書に、甘耀明『神秘列車』『鬼殺し 上・下』『冬将軍が来た夏』（以上、白水社）、陳玉慧『女神の島』（人文書院）、陳雪『橋の上の子ども』（現代企画室）、『紀大偉作品集「膜」』（作品社）など。

山口守（やまぐち・まもる）

1953年、長野県生まれ。東京都立大学大学院人文科学研究科中国文学専攻修了。日本大学文理学部教授。専門は中国現代文学、台湾文学及び華語圏文学。台湾大学、上海復旦大学、北京師範大学等での教歴もある。日本台湾学会名誉理事長。

著書に『黒暗之光：巴金的世紀守望』（復旦大学出版社）、編著書に『講座 台湾文学』（共著、国書刊行会）、訳書に『魯迅日記』（学習研究社）、『リラの花散る頃――巴金短篇集』（JICC）、史鉄生『遙かなる大地』（宝島社）、張系国『星雲組曲』（国書刊行会）、白先勇『台北人』（国書刊行会）、阿来『空山』（勉誠出版）など。

我的日本《われてきにほん》——台湾作家が旅した日本

2018年 12月15日 印刷
2019年 1月10日 発行

編訳者 © 呉佩珍・白水紀子・山口守
発行者 及川直志
発行所 株式会社白水社
〒101-0052
東京都千代田区神田小川町 3-24
電話 営業部 03-3291-7811
編集部 03-3291-7821
振替 00190-5-33228
https://www.hakusuisha.co.jp

印刷・製本 図書印刷株式会社

乱丁・落丁本は、送料小社負担にてお取り替えいたします。
ISBN978-4-560-09668-0
Printed in Japan

エクス・リブリス
EXLIBRIS

神秘列車 ◆ 甘耀明　白水紀子 訳

政治犯の祖父が乗った神秘列車を探す旅に出た少年が見たものとは——。ノーベル賞作家・莫言に文才を賞賛された実力派が、台湾の歴史の襞に埋もれた人生の物語を劇的に描く傑作短篇集！

鬼殺し（上・下） ◆ 甘耀明　白水紀子 訳

日本統治期から戦後に至る激動の台湾・客家の村で、日本軍に入隊した怪力の少年が祖父と生き抜く。歴史に翻弄され変貌する村を舞台に、人間本来の姿の再生を描ききった大河巨篇。

ここにいる ◆ 王聡威　倉本知明 訳

夫や両親、友人との関係を次々に断っていく美君。幼い娘が残り……。日本の孤独死事件をモチーフに台湾文学界の異才が描く「現代の肖像」。小山田浩子氏推薦。

冬将軍が来た夏 ◆ 甘耀明　白水紀子 訳

レイプ事件で深く傷ついた私のもとに、突然あらわれた終活中の祖母と五人の老女。台中を舞台に繰り広げられる、ひと夏の愛と再生の物語。解説＝髙樹のぶ子

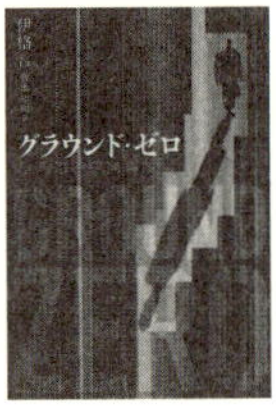

グラウンド・ゼロ 台湾第四原発事故 ◆ 伊格言　倉本知明 訳

台北近郊の第四原発が原因不明のメルトダウンを起こした。生き残った第四原発のエンジニアの記憶の断片には次期総統候補者の影が……。大森望氏推薦。